岐阜怪談

田辺青蛙
木根緋郷

竹書房
怪談
文庫

目次

木根緋郷

田辺青蛙 87

飛騨市
白川村
飛騨地域
高山市
郡上市
下呂市
本巣市
中濃地域
岐阜地域
東白川村
揖斐川町
山県市
美濃市
七宗町
白川町
中津川市
西濃地域
美濃加茂市
富加町
川辺町
八百津町
大野町
関市
北方町
東濃地域
池田町
岐阜市
坂祝町
御嵩町
可児市
瑞浪市
神戸町
垂井町
瑞穂市
岐南町
各務原市
恵那市
関ケ原町
安八町
笠松町
多治見市
土岐市
輪之内町
養老町
羽島市
大垣市
海津市

※本書は体験者および関係者に実際に取材した内容をもとに書き綴られた怪談集です。体験者の記憶と主観のもとに再現されたものであり、掲載するすべてを事実と認定するものではございません。あらかじめご了承ください。
※本書に登場する人物名は、様々な事情を考慮してすべて仮名にしてあります。また、作中に登場する体験者の記憶と体験当時の世相を鑑み、極力当時の様相を再現するよう心がけています。今日の見地においては若干耳慣れない言葉・表記が記載される場合がございますが、これらは差別・侮蔑を助長する意図に基づくものではございません。

木根緋郷

北海道生まれ岐阜育ち。関東在住。
Youtubeチャンネル怪談の根っ子。
イベント、メディアにて怪談師として出演。
Youtubeオカルトエンタメ大学では、蒐集力を活かし、
二代目怪談蒐集力王者となった。
近著には『京浜東北線怪談』『北の怪談』
『着ル怪談』（すべて共著）がある。

夢の話（飛騨市）

怪談を集めていると私にとって扱いが難しいジャンルがいくつかある。その中の一つは「夢の話」だ。夢でも体験談であって、怪談であるとわかってはいてもバランスがとても難しく感じている。

この話は私が高校に入学したときに、県内の離れた中学校からやってきたTくんから聞いた。

小学生のとき林間学校へ行った。昼間は観光、ハイキングをして夕方に宿泊施設の前にある大きな広場で一時間の自由時間となった。Tくんはいじめられていたわけでもないがうまく皆と馴染めず、広場の隅にあるベンチに座ってクラスメートが遊ぶのを眺めていた。

後ろの方から子どもの声が聞こえた。

振り向いたフェンスの先にはテニスコートがあり、その周りを低学年くらいの男の子二

人が鬼ごっこをするかのようにはしゃぎながら走っている。背格好も同じ、着ているTシャツは恐らく色違い、顔もよく似ている。双子なんだろう。

「自由時間は終わりよー。みんな集まってー」

一時間がたち、先生の言葉で宿泊施設に向かった。何気なく振り向くと、まだ二人は走り回っていた。

夕飯はみんなでカレーを作り、就寝時間となった。五人で班になり二階の部屋に布団を敷いて目を閉じると、昼間の疲れからかすぐに眠りに入った。

目を覚ますと天井も部屋も真っ暗。

また寝ればいいのに、奥にある窓から緑色のかすかな光が差し込んでいるのを見て気になってしまった。その緑の光を黒い影がさっと遮《さえぎ》っているように見える。思い返してみると窓の下には電話ボックスがあった気がする。

先生が電話でもしてるのかな。それとも誰か抜け出してんのかな。

こっそり布団から出ると、寝ているクラスメートの間を通り、窓をゆっくり覗いた。

そこには緑色に鈍く光ったものが一階と二階の間あたりを浮遊している。

昼間見た男の子だった。

顔をこちらにあげて目が合うと、ふわふわ浮きながら回転した。

背中を向いたとき、男の子が頭を下げると後頭部に同じ顔があった。

うわっ。

次に目を覚ましたときには白い天井と明るい部屋。友人たちが覗きこんでいた。

「なんでお前こんなとこに寝てるんだよ。寝相わるすぎだろ」

周りを見ると、自分が寝ていた布団から離れた窓の下で寝ていた。


と、まあこんな話を聞かせてくれたのだが、私としては「夢の話」だからな……と怪談として語ることはなくお蔵入りになっていた。

数年前、都市ボーイズのはやせやすひろさんが岐阜へ取材に行ったと聞いた。

「なんの取材に行かれたんですか」

「ほら、アニメでも流行《はや》ってる『両面宿儺《りょうめんすくな》』の所縁《ゆかり》がある場所に行ったんだよ」

Tくんが行った林間学校は飛騨。所縁がある場所のすぐそばにあった。

私は両面宿儺は頭が二つかと思っていたが、後頭部にも顔がある話が一般的だと知る。

Tくん、お蔵入りにしていて申し訳ない。今では語らせてもらってます。

木の根っ子（関市）

関市には「株杉の森」という場所がある。ひとつの株から十本以上の杉の木が伸びる、推定樹齢四、五百年と云われる全国的にも有名な杉を中心に躍動感のある木々が並び、自然の力を感じることができる。

ナオトさんは、小さい頃から祖母とこの森にハイキングで遊びにいくことが多かった。祖母がいうには孫の安全祈願、健康を願うためと、いつも一番大きい根っこに手を合わせていた。本人からしてみると、大きな幹からいくつも地面に張り出している根っこにつまずいたりしていたので「何が安全だよ」と半信半疑だった。

ある日、家の近所で友達とバスケットボールで遊んでいたときのこと。不意にボールが道路へ転がっていってしまい、ボールを追うのに夢中で飛び出してしまった。

足元には大きな根っこが張り出している。そこにつまずいてしまった。

目の前を物凄い速さで車が通っていった。力なくへたりこんでしまったナオトさんが振り返るとそこにはアスファルトしかなかった。

その日の週末、祖母と二人で株杉に手を合わせてお礼をした。

きっとあの根っこはどこまでも見えないところまで伸びていっているんだろう。

岐阜を離れた今でも、何か危ないことがことがあったとき、木の根っ子が助けてくれると信じている。

さるぼぼ（瑞浪市）

マキさんが住んでいた家の裏には山が広がっていた。物心がついた頃から森の中に人のようなものが見えた。帽子のようなものをかぶって、そこから三角形にとがった耳が出ていて、甚兵衛のような服を着て身体は赤っぽい。

ある日、母親にそのことを話すと笑いながら言った。

「それはきっと『さるぼぼ』だよ」

さるぼぼは岐阜県の縁結び、安産、夫婦円満を願って作られた御守りである。さる（猿）、ぼぼ（赤ちゃん）の名の通り、猿の赤ちゃんのような赤い人形だ。

四歳だったマキさんはそれをなんの疑いもなく信じた。さるぼぼが見えるのがとにかく嬉しく、ラッキーで良いことがたくさん起こるように見守ってくれているのだと思い、裏山に現れるたびに手を振ったり、こっちおいでよと声をかけた。歳をとるたびにだんだん近付いてきて、顔がぼんやりわかるくらいに寄ってきてくれた。

次現れるのはいつだろう、そう思いながら裏山を眺めていた。

小学二年生のとき、図書室で何を読もうか本を選んでいた。手に取ったのは岐阜県の民話や歴史が書かれた本。ページをめくっていくとお面の写真が載っていた。

ぱたん。

とっさに本を閉じて立ち尽くしてしまった。

あの裏山にいるさるぼぼを思い出した。

耳だと思っていたものは角。帽子だと思っていたものは髪の毛。牙も生えて肌は赤い。

本に載っていたのは鬼の面だった。

あれは、さるぼぼじゃない。

家に帰って母に話した。

「何年も前から裏山にいるっていったじゃん。あれ、さるぼぼじゃないんだよ！」

「あんた、そういえば昔そんなこと言ってたねえ」

どれだけ話しても軽くあしらわれた。それからは裏山が見えるベランダに出ることはなくなった。今どこまで近づいてきているかと不安を感じるからだ。

目の周りを金色に縁《ふち》どられた中、漆黒の瞳がじっとこちらを見ているのを大人になった今でも覚えている。

おーい（某所）

亜希子さんの娘が幼稚園に入り、少し離れた大きな公園に夫と連れていくことがあった。ここには県内でも有数の二か所のカーブがある大きなローラー滑り台があり、娘が気に入って毎回欠かさず乗っていた。

夏の日の夕方。娘を抱きかかえながら滑っていると一回目のカーブで真下から「おーい」という声が聞こえた。二回目のカーブが見えた先、滑り台の上で小さな男の子が体育座りして胸元で小さく手を振っている。

ぶつかってしまう。

娘を急いで抱き寄せると、すっとすり抜けた。すぐに振り返ると一瞬の出来事なのに男の子はこちらに正面を向いて胸元で手を振っている。

おーい――

滑り降りると娘は夫に駆け寄ってこう言った。

「悪い子がいたの。途中で止まっちゃダメなのにね」

数週間後。娘を連れて公園に入ると指を差しながらこう言った。

「ダメなことする悪い男の子いるからやだ」

「男の子って。まだいるの？」

「こっちにね。指さしながら『こーいこーい』って、おいでおいでしてるの」

胸元で小さく手を振りながら。

共鳴（御嵩町）

ユキさんは高校時代の旧友に久しぶりに連絡をした。それぞれ進学、就職で離ればなれになってしばらくになるからと、地元の御嵩《みたけ》で四人で会うことになった。

みんなそれぞれ忙しい日々をおくっていることもあり、リフレッシュを兼ねて旧中山道を散歩がてら森林浴をしようと話になった。旧中山道は実家からほど近くはあるが、ユキさんは興味がなく行ったことはなかった。

自然を満喫しながら歩いていくと、周囲に誰もおらず気分も良かった。

「高校のときの校歌とか合唱した歌を歌おうよ」

みんなで懐かしい歌を歌って歩を進めた。

こだまして歌が跳ね返って聞こえてきた。しばらくすると、だんだんとユキさんたちと重なるように歌が聞こえる。

やまびこではない。

声も自分たちの声ではない。

何人かで合唱しているようだ。

声が聞こえてくる場所に行ってみよう。

ユキさんたちも歌いながら声を頼りに道に出ると、歌声が重なって共鳴した。

しかしそこには誰もいない。

石碑と美しいマリア像だけがそこにあった。

先ほどまで聞こえていたのに、周りには人がいた気配は一切ない。

〝天からの思し召し〟だと感じた。

母校はカトリック系の女子高。四人が歌っていたのは讃美歌。

マリア像の前で手を組み鎮魂歌《レクイエム》を歌った。

すると、周りの景色がまぶしく感じられた。

設置されていた碑文にはこの場所は隠れキリシタンの云われがあるという記載があった。

私たちはこのために呼ばれたのだろう。そう思った。

関ケ原奇譚（関ケ原町）

関ケ原は歴史的にも怪談がありそうな場所ではあるが、蒐集していると案外集まらないもので、苦労しながらも興味深い話を聞いたので紹介する。皆一様に同じことを言って怪談を話してくれたのが印象的だった。

「あそこでお化けを見たなんて言ってもありきたりじゃないですか。こんなベタな話、お兄さんは興味あるんですか」

「はい、是非とも。聞かせてください」

■三十代前半女性

東京から関ケ原合戦場跡に観光へ行った。観光といってもハマっている歴史上の人物がイケメン化したスマホゲームに推しの武将がいて、活躍した関ケ原に聖地巡礼として訪れたのである。旅行となるといつもは友人と行くことが多いが、理由をなんとなく話しにくく一人旅となった。

合戦場跡を回っているとちょうど、推し武将の家紋が入った旗が掲げられているスポットを見つけた。ここで自撮りをしようと思いたつ。

旗の隣で推し武将のアクリルスタンドを片手に綺麗な背景を据えて、自身にスマホを構える。旗、推し武将、背景、自分の顔、それぞれにフォーカスを合わせるのが難しい。悪戦苦闘しているとシャッターを三回連続で押してしまった。

ガジャ　ガシャ　ガシャ——

シャッター音がいつもと違うような気がする。撮影された写真を確認するとその中の一枚だけ、背後に濃い茶色の鎧《よろい》を着た人が写っていた。

気味が悪いと思い、その場でその写真は削除し、チェックインを済ませるため宿に向かった。取り敢えず部屋で荷物を置いて休んでから夕飯を食べに出かけることにする。それでも先ほどの写真が頭から離れない。スマホで調べてみると、たしかにあの場所では鎧を着て撮影する体験イベントはあるが、調べてもあんな鎧は貸し出されている情報はない。辺りには誰もいなかったし、何より後ろに立てるスペースもなかったはず。

真後ろ、ベッドがある場所から音が聞こえた。

ガシャ　ガシャ　ガシャ――

振り返らず荷物を手に取り急いで部屋を出てフロントに向かった。

「急用ができたんで帰ります。返金はいいので」

自分がやっているゲーム、推しているキャラクターも本当にいた人物で、合戦も実際にあったことだと思うと、それから見る目が変わってしまった。

■三十代後半男性

中学の校外学習で関ケ原へ行った。

クラスごとに列になって古戦場跡を回っているとき、友人に大きな声で言った。

「でもさ、合戦って戦略と情報戦だから。その点で小早川秀秋《こばやかわひであき》は結果的にはいい采配《さいはい》をしたよな」

歴史に特別詳しいわけでもないが、知っている知識を適当に言って物知りに思われたかっただけだった。思惑通りクラスメートたちの中で目立つことができた。

そのとき真後ろから、

「うぅぅう」

低くこもった男のうめき声がして振り返った。

すぐ目の前に男の頭が浮かんでいた。

反射的に目をつむって後ずさりをすると、足がもつれて倒れてしまった。

「お前、合戦だったら真っ先に死んでるなあ」

格好つけた直後におちょくられてしまった。

「そ、そうだな」

それからは先ほど見たことを誰にも言えずに静かにみんなのあとをついていった。

帰りのバスに乗り込むとき、心配そうな顔をして学級委員の女の子がこっそり話しかけてきた。

「脚とか本当に大丈夫？　無理しちゃだめだよ。痛かったらちゃんと先生に言って診《み》てもらわなきゃ」

「全然大丈夫だよ。疲れちゃっただけだから」

「嘘でしょ。ずっと『うぅ』って痛そうな声が聞こえていたから」

転んだ時に怪我なんてしていないし、そんな声を出した記憶はない。

あの場所で悲惨な亡くなり方をしている人たちがいるのは事実。

首の男が誰なのかわからない。
だけど言われた側の気持ちもあるだろう。敬意が足りなかったなと反省した。

■二十代男性

Ａさんが小学生のとき、校外学習で関ケ原にある公園へ行くことになった。その公園は知る人ぞ知るＢ級スポットで有名で、園内の広場には合戦を再現するように武士、武将の等身大のヘタウマな人形が設置されており独特な雰囲気がある。

全員で園内のスタッフによる解説を聞きながら周回したあと、自由時間となってそれぞれが好きな場所へ行くことになった。Ａくんは友達と三人で人形がある広場で時間を潰そうという話になった。

広場には色んな恰好、表情をした人形が並んでいるだけで遊具があるわけではない。数分で飽きてしまうと、友人の一人が火縄銃《ひなわじゅう》を構えた人形を指さした。

「オレ、こいつ担当で！　お前らどうする？」

ゲームのキャラクター決めのようなノリが始まった。もう一人の友人も乗り気で特徴的な槍を構えた人形を指さした。

「じゃあオレ、強そうだからこいつで！」

こんな遊びに興味はないし、誰でもいいと思いながらも話を合わせた。

「んー。ボクはどれにしようかなあ」

見渡しながらちょうどいい人形を探していると、五メートルほど離れた人形と人形の間に黒と灰色の甲冑《かっちゅう》を着た人が歩いていくのが見えた。

「おい、お前どれにするんだよ」

「今さ、ここの人かな。めっちゃカッコいい仮装した人いたよね」

「はぁ？　誰もいないじゃん」

二人ともそんな人は見ていないという。

「お前さ、決められないからって怖がらせようとするのズルいよ」

「オレそういうの効かないから残念でしたぁ」

苦し紛《まぎ》れの嘘だと思われるのは嫌だった。

「オレ、はっきり甲冑着てる人ちゃんとみたよ！　絶対いたんだって！」

必死に言ったからか二人は真顔になって呟いた。

「……じゃあ幽霊じゃん」

「マジかよ、うつるとイヤだがら近付くなよ」

そこでAさんは自分が見たのはなんだったんだろうと、急に怖くなった。

友達にもヤバいヤツだと思われたくない。

「ウソだよー。みんなを怖がらせようとしちゃったごめん。俺はコレで」

一番近くにあった人形を指さした。

「なんだよお前だせえな」

「それが一番弱そうじゃねえか。幽霊の方がマシじゃね」

「じゃあ俺の負けだな。もう時間だし飽きちゃったから戻ろっか」

早くこの場所から離れたかった。

アイノリ（下呂温泉）

　タイのニューハーフショーで働いている方が、カタコトの日本語で話してくれた。一応年齢を聞いたが「年齢はヒ・ミ・ツ」とのことなので伏せる。

　旅行を兼ねて下呂に友人に会いに行ったという。岐阜県に在住の方ならピンとくるだろう。とある会場でニューハーフショーが頻繁に行われており、彼女の友人はそこに出演している。

　煌《きら》びやかなステージで活躍している姿を見届けて会場を出た。その晩は知人の家に泊まろうと計画していたが、駅に着いたときには既に終電は過ぎてしまっていた。タクシーで向かう他に選択肢はない。運よく捕まえて乗り込んだタクシーのドライバーは気がよさそうで、日本語は苦手でも持ち前のコミュニケーション能力を活かし車内で楽しく会話をしていた。

知人宅付近に到着して清算となったとき。

「一万四千円ですね。お二人で割り勘すると七千円です」

「ワリカン？」

「相乗りされてますからお一人七千円ですね」

「アイノリ？　ドウユウコト？」

「だって、お隣に座ってらっしゃる赤いカーディガンの方もご一緒に乗られてますから」

ドライバーはこちらをを振り返ると顔色を変えた。

「ドウシタンデスカ」

「お客様はお一人でご乗車されたんですか」

「ハイ、ソウデスケド」

「……そうですか。どうもすみません、気にしないでください」

そんなことを言われて気にしないでいることはできず問い詰めた。

「お客様がご乗車されるときに、歳が同じくらいの赤いカーディガンの女性の方とお二人様で立っていらしたので。ドアを開けたら先にその方が奥の席にお座りになって、お客様と私がお話している最中もずっとニコニコしながら黙ってらしたので……たぶん、行先が同じ人を見つけたのかと思っていたからお二人の会話が無くても不思議に思わなかったたんですよ。お客様はお話になるタイプだから相乗りのお客様は無口のタイプなのかと……すみません、お気になさらないでください」

「ムリにきいたワタシがワルイ。ゴメンナサイ」

見えない誰かが隣にいたと思うと気味が悪くなった。

タクシーを降りたあとも、今も一緒にいるなら知人のところに連れていってしまうかと思い、近くにあったファミリーレストランに入った。

ドリンクバーのコーヒーを飲んでいると、車内で馴染みのない柔軟剤のきつい匂いがしていたのを思い出す。窓は閉めているのに、右から空気が通る感覚と共に香りを感じた。

(前に乗った人はどれだけ柔軟剤を使っているんだ)そのときはそう思っていたが、ドライバーとの何気ない会話も頭をよぎった。

——最近はアロマとか流行ってますよね?

なんの脈絡もなく言い出していた気もする。もしかしたらあの匂いを感じ、その人に向けて話題を振ったのかもしれない。

あと数日滞在する予定だった日本でのスケジュールを変更し、寺社仏閣を巡っている道中、私にこの話を聞かせてくれた。

新聞奨学生（養老町）

三十年以上前、清さんが大学生のとき。新聞配達の仕事をしていながら大学生活をおくることになった。

新聞配達の仕事により給与、学校の奨学金をもらう「新聞奨学生」である。

勤務初日。原付をアパートの前に停めて新聞を一部片手に一階に向かった。ここは四部屋並んでいるうちの一番奥の部屋しか新聞の契約をしていない。

郵便受けに入れて引き返した時。隣の部屋の窓越しに若い女の声が聞こえた。

「明日……来きますか」

早朝に突然呼び止められ驚いたがとっさに答えた。

「あっはい、来ますよ」

それからは一切返答が無い。

翌日。

「明日……来ますか」

「はい、来ますよ」

毎日呼び止められる。時間も時間なのでインターフォンも押しづらい。新聞を新規契約したいのかと思い、上司から渡された勧誘チラシと契約書を郵便受けに入れた。

「明日……来ますか」

「はい、来ますよ」

「明日……来ますか」

「あーはいはい来ます来ます」

「明日……来ますか」

「だから、来ますって」

それからも窓越しに女との短い交流が続き、次第に嫌がらせかと思い、適当にあしらったり無視していた。

ある日、奥の部屋に新聞を配るとその音に気付いたのか玄関のドアが開き、老婦人が出てきた。夫婦が住んでいることは知っていた。

「毎朝ご苦労様ね」

「起こしてしまいましたか。すみません。いつもありがとうございます」

「私たち、明日から一週間旅行に行くのよ。このアパートでこの部屋しか契約してないんでしょ。一週間は来なくて大丈夫だから」

「あっ、ありがとうございます」

一部屋配らないだけでかなり時間の余裕ができる。婦人に挨拶をして停めてある原付に戻ろうとした。

「明日……来る」

またあの女の声。

「来ないですよ！　明日は来ません」

つい強く答えてしまった。

「もう……もう……明日は来ないの」

「来ないですよ」

初めて返答があったことに気付くと、それから押し殺すような泣き声が聞こえた。

「なんで……なんで来ないの……きてくれないの。明日来ないのなんてイヤなの」

毎日返してしまったから変なヤツに執着されてしまったのか。急いでアパートをあとにした。

一週間後。

奥の部屋の郵便受けに新聞を入れると、また婦人が出てきてお土産を渡してくれた。

「はい、これ。いつも頑張ってるから」

「わざわざありがとうございます」

少し立ち話をしてから引き返して原付にまたがったとき違和感があった。

今日はあの女に呼び止められなかった。

その日からぱたりと女の声がすることはなくなった。


二か月ほどたった頃。

奥の部屋に新聞を入れると、婦人が玄関を開けてコーヒーを差し入れてくれた。その頃には仕事には慣れて時間に余裕があったので、立ち話ついでに隣の部屋にどんな人物が住んでいるか聞いてみることにした。

「隣はね。一年くらい空き部屋よ。女の子が住んでたけどねぇ。亡くなっちゃったのよ」

空き部屋だったことに驚いたが、とっさに口に出てしまった。

「若い女の子って。もしかして自殺ですか」

「そうなのよ。いい加減な男と付き合っててね。ずっと浮気されていたみたいで……。励ましてたんだけど、結局捨てられたみたいで、寂しい寂しいって首を吊って亡くなったのよ」

「そう……なんですか」

「私はね。男の人が全てじゃないからって。何事ものめりこむのはいけないし、これからは女も独立していく時代だって言ってたんだけどね」

その後、その部屋には母子家庭の世帯が入居、問題は全くないようで幸せに暮らしていると聞いた。

違法駐車（高山市）

「私ね、元警察なのよ。私のときは『婦人警官』って言われて。男の警官とは違う仕事をさせられてたのよ。今の時代と全然違うと思うわ」

ミニパトに乗って一日中走り回り違法駐車を取り締まる日々だったという。そんなこともあってか、普段から路上駐車が気になって仕方なかった。

休日の夕方遅く。街灯のない暗い山道で、駐車禁止の路面に駐車されている車を発見した。

管轄している場所ではないが持ち前の正義感が働き、車の状況を確認することにした。

確認する項目としては大きく二つ。

一つ目は駐禁がとられた印であるチョークの跡（マーキングチョーク）

先端にチョークがついた棒でタイヤの側面に線を引きそのまま地面に伸ばし、地面に日付や時間を書く。

その車には、タイヤの側面に既に垂直に何本も横に並んで線を引いた跡がある。つまり同じ場所で何度も駐禁をとられていることになる。他の場所で書かれたにしても丸いタイヤのうち何本もの線が平行になることは考えにくい。何よりタイヤに書かれた線からアスファルトには線も時間の記載も無い。つまり何度も駐禁を取られ、そのまま放置されて風雨で消えてしまっている状態。かなり悪質である。

二つ目の確認項目は「違反ステッカー」と「標章」の有無。

違反ステッカーはその名の通りでフロントガラスなどに警告のために貼られる。標章は黄色い輪っかのチェーンで出来ており、警察署に行かなければ外すことはできない。この二つはレッカー寸前の最後通告を意味する。

観察すると、なぜかどちらも車には無い。そこで気付いたが長期間放置されているにしてはボンネットなども含め、車体はとても綺麗な状態だった。

そこまでする必要はないが中を確認しようと運転席側のドアを覗いた。

車内は真っ暗。勤務中であれば懐中電灯で中を照らすが休日の今それはできない。すると、中から勢いよく窓を叩かれた。

ドン――

白い手の平が内側から張り付いている。

ドン――

もう片方であろう手が張り付いた。

さっきは気付かなかっただけで前に移動してきたのか。

ドン――

手と手の間からもう一つ手が張り付いた。

ドン――

次は手ではなかった。足の裏。

ドン！　ドン！　ドン！　ドン！　ドン！　ドン！　ドン！　ドン！

足、足、手、足、次々に窓を叩くと同時に張り付く。一体何人分の手足なのか。

驚いて車両から距離を置いた。

正面に回り込むと、フロントガラス越しの真っ暗な車内に、青白い若い男の顔がこちらを見ながら薄ら笑みを浮かべているのが見えた。顔だけが浮かんでいる。首の下から運転席側のガラスにいくつもの手足が伸びていた。

逃げるように急いで帰宅し、すぐに電話をかけ男性警官の上司に報告した。とても厳しいが、些細な事案でも厳格に対処する頼りがいのある上司である。先ほどあったことを一通り話すと柔らかな口調で返された。

「それはそれは。ご苦労様だったねえ。でも大丈夫。その違法駐車なら朝になったら無くなっているだろうし、もしまた発見したとしても都度都度対応すればいいから。何より君の管轄外だろう。余計なことはしなくていいから」

別人かと疑うほどに曖昧《あいまい》な返答が返ってきた。言い返す立場にもなく電話を切った。

翌々日。昼間その場所に行くと車は消えている。

その場を管轄している同僚に聞くと「長期違法駐車は無いよ」との返答だった。


今は結婚を機に退職。

ある日、定年を迎えた元警官の夫とリビングで武勇伝を話す流れから「今まであった一番怖かったこと」という話になり、この話を思い出して話して聞かせた。

「あなたが言うよりもね。こんなも怖かったことがあるのよ。びっくりしたわ」

話を聞いた夫は顔色を変えた。

「先輩がそう言うならそうしたほうがええ。それよりもな」

普段、喧嘩をしても感情を表に出さない夫が激昂して続けた。

「二度とその場所に行くなよ！　もう二度と！」

二度とその話を俺にするな！

なんとなく（土岐市）

「私はなんとなく母親と同じ仕事についただけなんです」

保育士をしているエリナさんはこう言ってこの話をしてくれた。

子どもが特に好きなわけではないし、仕事は思っていた以上に大変で、仕事が終わって住まいの実家に帰るころにはぐったりしていた。

特に最近、なんの原因も脈絡もなく突然泣き出す男の子が入ってきてからイライラする機会が増えた。元気に楽しそうにしているのに物凄い勢いで泣き出し、一回泣いたらなだめても泣き止まない。元保育士の母親に相談しても「あんたがまだまだなのよ」という返答しかしてもらえない。

私はなんとなく母親と同じ仕事についただけ。

さっさと転職しようと考えていた。

そんなとき。

家に帰って自室でゆっくりしていると、家の近くで赤ちゃんの泣き声が聞こえる。近所で子どもがうまれたんだろう、最初は気にならなかったが毎晩毎晩深夜も泣き声が響く。

出産はおめでたいことだけど。

疲れて帰ってきてせっかく家でゆっくりしているのに。

プライベートまで子どもの泣き声を聞かなきゃいけないのは嫌だ。

毎晩聞こえる泣き声にうんざりし、母親に気が休まらないことを相談した。

「赤ちゃんは泣くことが仕事なんだからそんなこと言っちゃダメでしょ」

母親はいつもの調子で続けた。

「本当にあんたは。それにそんなことというなんて。この仕事をしている人間の風上にもおけない。しっかり仕事してない証拠よ」

母親のプロ意識は素直に尊敬する。

私はなんとなく母親と同じ仕事についただけだから。

これが意識の違いか。

これ以上いっても怒られそうだし愚痴をいってもまたストレスになるだけだろう。近所にはとある団体施設があり、そこの関係者だったらと考えると簡単に苦情を入れることもできない。

それから仕事でも家でも苦痛に耐える日々が続いた。

職場では泣き出す男の子の相手をして。帰ったら近所の子どもの泣き声で目を覚ます。

今日は一段と声が大きく聞こえる。ゆっくり家の周りを回っているようだ。

……毎晩毎晩、夜中に子どもを外に出しているなんて本当にありえない。

今日こそ注意をしようと外に出ると、声はすぐ近くから聞こえてくる。先にある公園の入り口のあたりに何かが動いている。

人のようにも見えるが地面を這って芋虫のように身体をくねらせ、泣き声もそこから聞こえてくる。目を凝らして見てみると、全体にどす黒く、赤子の顔をした頭が三つ、肩から先の手はなく、粘土を伸ばしたような胴体、その先端には赤子の足が一つ。赤子の顔でも表情はしっかりわかり、その対比がさらに気持ちが悪い。

三つの頭のうちの一つがこちらに気付いたかのように、にちゃっと笑うと、さっきよりも大きく声をあげ、地面を這って近づいてきた。

逃げるように家に飛び込み、気付いた頃には泣き声は聞こえなくなっていた。

——その日から泣き声は聞こえなくなった。それに、あれだけ悩んでいたのに気付いたことがある。最近、職場であの男の子が泣かなくなった。

いつからだっけ。

子どもに一切思い入れはない。

この仕事に興味もない。

なんとなく母親と同じ仕事についただけ。

母親みたいな人だったらすぐに気付くんだろうな。

ああ。近所でわけわからないものを見てからだ。

夕方。子どもが帰ったあと。デスクの整理をしていると画用紙の束が出てきた。画用紙には「エリナ先生へ」と裏に書いてあり、表には似顔絵が描いてある。興味のないこちらとしてはただの落書き。あの男の子が描いたものを見つけた。全く似ていない似顔絵の後ろ。

そこだけ妙にリアルな赤ちゃんの人形。

あのとき見た、表情がはっきりした頭が三つ描かれていた。

「仕事も向いてなかったし、プライベートもうまくいってなかったし。あのとき私がどうかしてただけだと思うんですよ。だけど、あの男の子も私も見てたんだったら本当にいたのかもなって」

エリナさんはこう言うとその場所を教えてくれた。

簡単にネットで調べてみると心霊スポットとされている。

だからといって不思議なことはない。ある程度大きくて特徴的な公園は大体そんな話がある。ただ、とある掲示板の書き込みに目が留まった。

「岐阜県　土岐市　●●公園

この公園には夜中に声や女の幽霊、老婆の幽霊、正体不明の幽霊の目撃談があるので心霊スポットとされています。」

侵入者（各務原市）

私の友人でありライバルに空原《そらはら》涼馬《りょうま》という怪談師がいる。何度も共演している彼の怪談がとても好きだ。元々名古屋を中心に活動していたこともあり、この本の企画があったときに相談すると、快く何話か聞かせてくれた。

マサさんが朝、会社の三階にある会議室で朝礼に参加していたとき、窓の外から声が聞こえた。外には社員がリラックスできるようにグラウンドがあり、その真ん中でひとりの見知らぬ作業着の男が会議室の方を向いて、口元に手を当てながら何やら叫んでいる。

ただの不審者ではない違和感があった。

なぜなら声が会議室内にまで聞こえてくるのだ。近隣に自衛隊の駐屯地があり、飛行機の騒音対策のために付近の建物には補助金、助成金が出て、二重窓にするなどの防音対策がされている。

マサさんの会社も例外ではない。普段は飛行機の音や、クラクションの音がかすかに聞こえる程度。

「うぁぁるぁあおぁ」

男の声が聞こえるが、全く何を言っているかはわからない。

周りの社員も気付いているようで「あいつなんなんだよ」と窓の外を見ている。

目の前に座っていた女性社員が外を見たかと思うと、耳をふさいで頭を振った。

「やめてよ、やめてやめてやめてやめて」

会議室がパニック状態になると、朝礼を行っていた幹部がカーテンを閉めた。

「うるさい。一度中断するから外に出ないように」

すぐに「建物の外に出ないように」という社内アナウンスが鳴る。だが、その頃には男の声は聞こえなくなっていた。

結局、その男がどうなったかは知らされなかったが、昼休みに同期たちにこのことを話すと全員姿は見ているが、聞こえていない人、何を言っているかわからない人に分かれていた。

朝礼のときに耳をふさいでいた女性社員にも聞いてみることにした。

「最初はね『うわぁあああ、るあああ、うるあああ』ってグラウンドの方から聞こえて。

なんなんだろうって男の方を見てみたら口元だけはっきり見えたの。そしたら耳元でね」

「耳元ってなんだよ。聞こえるわけないだろ」

「耳元ではっきり『今から！　そっち行くからみんな！　待っててな！』ってずっと叫ばれたの」

火のないところに（各務原市）

この話も空原涼馬さんからお借りしたお話。涼馬さんは「本怖に出てきそうな話やなあ」と思いながら取材したそうだ。

アイカさんが小学生の頃、県内にある自然の家に一泊二日で校外学習に行った。とても楽しみにしていたのだが少し複雑な気持ちだった。一週間前にサッカーで骨折してしまい、車椅子で行くことになってしまったから。それでも来られただけで嬉しい。

昼間、予定されていた周辺施設の訪問、ハイキングなどの野外活動にアイカさんは参加できず、女性の先生が一人ついてくれ、夕方まで自然の家で過ごすことになった。館内には簡易的な図書室があり、そこで先生と二人で時間を潰していた。

外が薄暗くなり、もう少しでみんなが戻ってくる時間。

「先生。暇になったから館内散策してもいいですか」

興味がある本もなく、先生との会話も弾まず、沈黙に気まずくなってしまった。

「仕方ないね。いいよ、いいよ。行ってらっしゃい。一階以外と外には出ちゃダメよ。段差には気を付けてね」

先生も同じ気分だったのだろう、ひとり車椅子で図書室を出た。館内を散策するとはいっても今の状態で行ける場所なんてたかがしれている。館内の一番端まで行ったあたりで、誰もいないがらんとした廊下が怖くなってきてしまった。引き返して図書室に戻ろうとしたとき。後ろから小さい女の子の声がした。

「すみません」

声のした方を向いたが誰もいない。目の前にある玄関は視界が広く誰かいればわかる。気持ち悪くなってUターンしようとするもなぜか直進してしまう。さっきまで通っていたので高低差があるわけでもない。

誰かが車椅子を押している。だんだん速度が上がっていく。

後ろを振り向くことも、声をあげることもできない。

「ちょっと！　アイカちゃん何やってるの！」

物音で先生が図書室から出てきたところで、車椅子はぴたっと止まった。

あともう少しのところで玄関外に投げ出されてしまうところだった。

その日の夜。館内の談話室で怖い話大会が行われた。

先生、生徒が怖い話を披露していく。その中で一人の子がこんな話を始めた。

「私先輩から聞いたんだけど、ここ女の子が亡くなったんだって。その子の幽霊がね、一緒に遊びたいから連れてこうとするらしいよ」

それからのアイカさんは、七不思議や都市伝説めいた在り来たりな話の方が怖いのだそうだ。

「ずっと作り話だと思っていたんですけど。眉唾な話だってなんかしら根拠があるんじゃないかって思ったら身近に感じてしまって」

心当たり（白川村）

数年前の十二月の夜。健太さんは夢を見た。

どこか狭い板の間で黙々と木製の棚に何かを仕舞う作業を行っている。しばらくするとグラグラと視界が揺れ、黒い塊《かたまり》がフェードインするように真っ暗になる。

そこで目を覚ます。

そんな夢を三日続けて見た。夢に出てくる板の間には実際に見た記憶はないが、なんだか変だけどたかが夢だし、と思うくらいだった。

一週間ほどたった日、男友達四人でドライブに出掛けた。この仲間とは学生時代からいつも一緒で社会人になった今でもよく遊んでいる。車を走らせていると運転している友人が呟くように言った。

「最近さあ。変な夢見たんだよ。大河ドラマに出てくるみたいな大広間で宴会してるんだよ。それこそ俺もみんな着物着てさ。そしたらいきなり揺れて騒ぎ出したら床が抜けんの。

真っ暗になったら終わり。これが三日続いたんだよ」

「夢の話かよ。あっでも俺も同じようなの見たわ」

隣の友人も変な夢を見たという。同じく大広間でどんちゃん騒ぎをしていると、地面が揺れて目を覚ます。大広間のディティールは似ているようだが、別の視点というのか微妙に違う。

「実はさ、俺も同じような夢、見たんだよ」

その友人は着物を着て日本家屋の廊下を歩いていると、突然床が揺れるという夢だという。話していくとみんな同じような夢を三日続けて見ていて「揺れて真っ暗になって終わる」というところが共通していた。

「これさ……なんかの祟りじゃやね」

たかが夢だ。それでもそう思ってしまうと怖くなってしまった。なんの祟りか。

健太さんたちには心当たりがあった。むしろ、ありすぎた。

仲間たちとよく心霊スポットを巡っていたからだ。ただ見て回るだけではない。

廃墟でタバコを吸ってポイ捨てする。

曰くつきの地蔵を蹴る。

墓石に小便をひっかける。

――一体どれが関係あるのか。カーナビの履歴を確認していくと、半年前に行った場所が目に留まった。そこは心霊スポットではない。

八月某日。バーベキューをやろうぜという話になり、どうせなら水のきれいなところでやりたいと白川郷の川沿いでいい場所がないか探していた。車を走らせているとちょうど道が窪んだ場所があり、そこに車を停めて河原でバーベキューを始めた。夜になって帰ろうかとなった頃には疲れてしまい、ゴミから何から全てを放置して帰った。

車を停めた場所の名称が、カーナビに表示されている。

『帰雲城跡《かえりくもじょうあと》』

思い返してみると石碑があったような気もする。

ここは内ケ島《うちがしま》家の居城があったと推定されている場所。天正十三年、東海地方を襲った天正地震によって城、城下町が土砂崩れで埋没し多くの死者が出た。一説には戦の勝利と繁栄を祝って酒盛りの最中に地震が起こったとの説もある。

健太さんたちは誰一人、大して歴史なんて知らない。

でっぱった部屋（安八町）

百合さんは両親、妹の四人家族で安八町《あんぱちちょう》の親戚の家に行くことが多かった。とても広い二階建ての日本家屋で年末年始、夏休みには親戚中が集まる。

小学生のとき、その年もお盆に集まることになった。夜は一階の大広間で宴会をする。その家の子どもをあやしながら大人が酔いつぶれている最中、百合さんはトイレに立った。廊下のトイレに向かうと誰か使っている。そこで親戚のおじさんが廊下のさらに奥の突き当たりに旧式だがもう一つあると聞いていたのを思い出した。記憶を辿りながら進んでいくと一か所廊下が出っ張ったところがある。前を通ると和室で襖《ふすま》が開いている。

室内は真っ暗だが着物を着たおばあさんが横の壁を見ながら座っている。どうやら壁にかけてある掛け軸を見ている。

何十人もたくさんの人が泊まりにきている。知らないだけでこの家に住む他のお婆さんがいるのかもしれない。その中の一人がこの部屋に病気か何かの理由でこの部屋にいるの

だと思い、外から挨拶をした。

「こんばんは。お邪魔してます。トイレ借ります」

　こちらに気付いていないかのように壁を向いて黙ったままだった。

　それからも旧式のトイレを使うようにしていたが、いつもあのお婆さんは暗い部屋の中で座っていた。

　高校生になったころ、その家は一年以上かけて洋風にリフォームされた。数年ぶりの元旦に久しぶりに集まることになった。親戚の子どももすっかり大きくなっている。

　真夜中に目を覚ましてトイレに向かった。ふと旧式のトイレに行っていたことを思い出した。家の構造は変わっているが、廊下の動線は変わっておらず和室もそのままだった。

　襖が半開きになっている。

　暗い室内は幼少期に見たときのまま畳が敷いてあり、お婆さんは変わらず壁を見て座っている。

「お久しぶりです、百合です。お邪魔してます」

　何を言っても返事をしてくれなかったが、このとき、苦しそうな小さな声で返された。

「おそがい……おそがい……おそがい」

「すみません勝手に覗いてしまって」

何を言っても「おそがい」という言葉を繰り返している。言っている意味はわからないが、体調が悪化したとかを訴えているのかもしれない。急いで部屋に戻ると両親を起こして事情を説明した。

「一階の奥の和室にいるおばあちゃん苦しそうにしてるんだけど、見に行ってあげた方がいいと思う！」

「何言ってるの。その部屋には誰もいないわよ」

起きてきた親戚にもいったが、その部屋はゆくゆく子ども部屋にする予定だが、今は誰もその部屋に誰もいるはずがなく、リフォームする前からずっと空き部屋だという。

間違いなくお婆さんがいて、幼少期からずっと見ていた。

「絶対いるよ。ついてきてくれたらわかるよ」

両親と親戚を連れて一階の出っ張った部屋の前まで行くとそこは洋室だった。さっきまで襖だったはずが内開きのドアになっている。親戚がその部屋を開けた。

「ほら、ね。誰もいないでしょう」

床はフローリング。色とりどりの壁紙が貼ってあり、おもちゃが並んでいる。

その日、眠ることはできなかった。

翌朝、納得できずに昨日のことや幼少期のことを祖父に話した。

「前はあの部屋に筆と掛け軸があったさ。そんなん大昔に蔵にしまって出してねえな。そのお婆さん、なんか言ってたかい」

「合ってるかわからないけど『おそがい』って言ったよ」

「そうかい。もしかしたらずっと掛けてほしかったんかもな。あんだけ拝んでたんだからちゃんと掛けてやらんと。ずっと思ってたんや、それこそおそがいなことさ」

〝おそがい〟の意味を尋ねると〝怖い〟という意味だという。

数日後、自宅へ帰る車中。唐突に母親が言った。

「百合が言ってたお婆さんを、私たち見てないけど他のものを見てたのよ」

両親と妹は家に行くたび、全く知らない男の子を見ていたという。廊下を横切って壁に吸い込まれていったり、うずくまっている男の子を見て驚いて視線を変えるといなくなっていたという。妹もよく見ていたが「おねえちゃんが怖がるから言わないように」と伏せていたそうだ。


それから何年も経ってから。

百合さんは結婚し子どもが生まれ、七五三のタイミングで一族と周辺地域で伝わる風習を聞かされた。

その風習は「胎毛筆《たいもうふで》」や「誕生筆」と呼ばれる。子どもの七五三の三歳の日まで髪を伸ばし、切った毛で筆を作っておくと健康祈願になるというもので、『死んだ人が幽霊となって現れた際に髪を切って消えていき、それを供養してもらった』という昔話が元になっているといる一族では伝えられていた。

そして百合さんの曾祖母にあたる人は子どもを授かることができず、養子をもらったが二歳になった頃に病気で亡くなってしまった。その子の遺髪で筆を作り掛け軸に子を想い悲しむ短歌を書いて壁に掛けると、三十歳で亡くなるまで毎日拝んでいたのだという。

それから半年たった夜、電話が鳴った。

妹が見覚えのない古い筆がクローゼットの中から出てきたと騒いでいる。

拒絶（羽島市）

怪談の聞き取りを行う際、いきなり「幽霊みたことありますか」では話してくれないことがほとんど。いくつか段階を踏んで聞いていくが私の方法の一つで、幼少期、学生時代の話を聞くというのがある。学校に纏わる怪談が好きだというのもあるが、どこでもローカル七不思議のようなものがあったりするものだと思っている。

ある日、バーで隣になったヒナさんに学生時代の話を振ってみた。

「私、高校が嫌いだったんです」

「勉強が好きじゃなかったとか、いじめられてたとかですか」

「勉強もそこそこできましたし、友達とも仲は良かったし。学校との相性が悪かったというか」

「相性が悪い？　具体的に何かあったんですか」

「特に何があったわけでもないんです。理由はよくわからなくて。でも卒業式で泣いてる

子みるとバカらしいなって目で見てました」

そこまで冷めた感情になるのに何も理由がないというのが気になった私はさらに詳しく聞いてみた。すると、思わぬ形で怪談を聞かせてもらうことができた。

■高校一年生　夏

体育館で友達とバスケットボールで遊んだあと、じゃんけんで負けてしまったヒナさんは一人で倉庫にボールを戻しにいくことになった。倉庫を出るとみんなは教室に戻ったようで誰もいない。すると視界の外から何かがとんできた。

目の前に転がってきたのはバスケットボールだった。とんできた方向には誰もいない。

当時も今も如何《いか》にもホラー映画にある演出だと思って怖くはなかった。

ただ、そのボールを拾い上げるとその学校では見たことのないほどのボロボロのボールだったのはおかしいなとは思っている。

■高校一年生　冬

いつも友達と帰るが、テスト前なので教室で自習をしていたら、気付いたときには十八時を過ぎていた。一人で校舎を出るともう薄暗い。この時間になると普段使う校門は閉じており、職員のために開放された裏門から帰ることになった。

途中、教室に忘れ物がないか急に心配になってしまう。暗い教室にまた戻るのも怖い。すぐに裏門の白い塀にカバンを寄せてガサガサと中身を確認していたとき。

ドサッ！

すぐ真横にあった木の上から塊のようなものが肩に落ちてきたと同時に、鋭い痛みが走る。とっさに肩を見ると人の頭三つ分はあるかと思われる男の生首が嚙みついている。

手で振り払うとその頭は消えていた。ズキズキと痛みはまだ残っている。

何か見間違うものがあるのではないか。

近しいものが落ちていないか。

いくら辺りを確認しても何もない。上手く自分を誤魔化せないまま家に帰った。

その日の晩。シャワーを浴びたときに肩に染みるような痛みが走った。裏門でのことを思い出し急いで浴室を出ると、母親に傷を確認してもらった。

「あら、こんなとこに怪我なんてどうやってしたの。大きな口で嚙まれたみたいね」

肩の前後に嚙まれたような跡がある。その歯形の一つ一つは親指の関節ほど大きかった。

■高校二年生　秋

委員会は〝風紀委員〟を選んだ。この係には重要な仕事があった。生徒が居残りしないように教室から全員帰るのを見送り、机と椅子を綺麗に整頓してから教室を出る決まりになっている。

その日もクラスメートが帰ったことを確認して机と椅子を並べて教室から出る。廊下に出て引き戸を閉めようと教室に振り返った。

一番手前の机、一列だけ全て黒板寄りに移動していた。

■高校三年生　卒業一週間前

授業中にスマホを使う生徒が続出したことによって、授業の前にスマホを回収することになった。そのタイミングで流行ったのが「手紙回し」の遊び。どうでもいいような内容の手紙を書き、小さな封筒みたいに畳んで先生にわからないように生徒同士で回しあう。

その日の授業中もいつものようにコイバナや、帰りどうするか等の内容で手紙を回していた。毎回近くの人から合図をされて、顔は黒板を見たまま机の下でやりとりをしたり、隙をついてポンと机の上に置く。

右肩を叩かれた。後ろを見ずに手を伸ばすと、すっと紙を掌に置かれた。先ほどの返信だろうか、誰かから新しく回ってきたのか、くしゃくしゃに畳まれている紙を開いた。そこにはひらがなで一言だけ書かれていた。

「と　い　れ　き　て」

変わった内容ではなかった。授業中に時間をずらしてトイレに立ち、お菓子を食べたりして時間をまたずらして戻る。ただ、授業を行っている先生は特に厳しく行けそうにない。紙に返信を書いて右後ろに手を伸ばした。

「さ　す　が　に　ム　リ」

とってもらえない。気付いていないのか。先生が後ろを向いたタイミングで後ろを見て渡そうとした。

右後ろの人は休みだった。周囲の子たちも真面目な人ばかり。

誰から来たかわからないが、トイレに手を挙げる人がいれば特定はできる。ただ、そのまま授業は終わってしまった。

休み時間に友達に聞いてみることにした。

「この手紙誰書いたん？　あの先生のときはむりやってー」

「なんのこと？　私たちそんな手紙回してないよ」

手紙を見ていた一人が言った。

「これ、紙おかしくない？　しかも字もおかしいよね」

紙を見たときに懐かしい感じがした。ペラペラの藁半紙《わらばんし》だった。

学校ではシャープペンシルしか使っていないが、先が丸くなった鉛筆で書かれている。

考えてみると右後ろの人はいなかったし、合図を送るとき真後ろの人でさえ、ペンで背中をつついたり、隣の人も机の下から肘あたりを叩く。

真横に立っていなければ肩を叩くことはできない。


「――学校で変なことと言うとそんな感じですね。すみません、つまらなくて」

「いやいやそんなことないですよ。ちなみにこれが理由で学校が苦手なんですか」

「そんなことないですよ、今まで忘れてたくらいです」

結局、ヒナさんがなぜ学校が苦手なのかは謎のまま、怪談だらけの学校に通っていたことだけがわかった。

岐阜城にて（白川村）

「女二人で来るのも思ってたより楽しかったね」

「案外色んな人が来てるんだね」

「そうだね、若い子たちも修学旅行じゃなさそうな子もちらほらいるよね」

「カップルで来てる人もいるんだ」

「渋いカップルだね。どこにいる人？」

「ほら、あそこにいる大学生くらいの眼鏡の男の子とへそ出しTシャツ着た女の子」

「えっ、そんな子どこにもいないよ。男の子しかいないじゃん」

「……あれっほんとだ。さっきまで絶対いたのに」

「何それ幽霊ってこと」

「そういえば、前におばあちゃんユタって言ってたじゃん」

「私は見えないしそんなの関係あるかな」

繋いだ手（海津市）

恵さんが通勤する途中、横断歩道がない道路を渡る必要があった。

ある日、サイズの合っていない学ランを着た少年が道端で渡りたそうにしているのを見かけた。どうやら目が不自由な子のようで、手を貸してあげることにした。

「渡りたいの？　お姉ちゃんが手伝ってあげようか」

「うん」

目を伏せたまま恵さんの手を握った。少しぎょっとしたが手を繋いだまま、車が停まってくれるのを待ち、道路を横断していく。道路の真ん中あたりでポシェットに入れたスマホが鳴った。反射的にバッグを見てしまい、少年から目を離した。

今はこの子をちゃんと送らなきゃと、スマホを無視して少年の方を見ると誰もいない。

手には握っている感覚がある。

手元を見ると、握っているのは手首までしかない手だった。

いやっ！

腕を振ると少年も手もない。停まってくれていた車はヒナさんが渡りきると発進していく。今あったことはなんだったのか。呆然としていると声をかけられた。

「お姉さん！　大丈夫ですか！　一一〇番しますか」

大学生くらいの男女の二人が心配そうに駆け寄ってきた。

「車の人になんかされたんじゃないんですか」

「あれ、私なにしてました」

「お姉さんが停まってる車の方をずっと見ながら歩いてて、いきなり叫んだから車の人になんかされたんじゃないかと思って。と、車のナンバー見てるから協力できますから」

「あの。あの。私一人でしたか」

「一人だったよな。えっどうしたんですか」

「私、ぼーっとしてたみたいで。ご心配おかけしてごめんなさい」

「お姉さん落ち着いて。取りあえずなんもされてないみたいでよかった」

男女が去るのを見送っている間、手にはじっとりと汗と生温かい感覚が残っていた。

入り直せ（岐阜市）

学校から帰ると、誠さんは毎回の日課で近所をジョギングしていた。

夏の夕方のこと。

折り返し地点に設定していた神社がある。そこは開けた場所にあり、その日は鳥居をくぐらずに横から社殿に向かった。するといきなり視界全体がセピアがかった。真夏にゴーグル無しで長時間水のなかに入ったあとかのように目が霞《かす》んだ。

雰囲気もいつもと違うように感じる。

本殿に行かず引き返すと、帰りは鳥居をくぐっていつものジョギングコースを戻った。

途中、いつもは人がいるはずの道だが今日はなぜかいない。

やっと道の先に人がいたがどこかおかしい。背を向けた状態で歩道の隅にぼーっと立ち止まっている。

後頭部しか見えず背格好からは女性なのか男性なのかわかない。追い越しながら顔を確

認しようと振り向くと後頭部しか見えなかった。正面が見えるはずである。顔が無い頭だけの人のように見えた。

着ている服はどうだったのか。

まじまじと見ていたはず。

もう一回振り返ろうとしたが不気味に思い、見返すことはなかった。

角を曲がると電信柱の横に、明らかに女児の振袖を着た小学校低学年くらいの男の子が立っていた。細長い板を両手に持ったままこちらをじっと見つめている。子どもなのに妙にきりっとした表情。赤点をとって親に見せたときのような〝怒られる〟という感覚がする。脚を速めて家への道を急いだ。

低い石垣のところに何かがいる。

今まで見たことが無い不思議な動物。全体は真っ白でイタチとネコを合わせたような頭部、ミニチュアダックスフントをさらに小さく細長くした胴体、ふさふさした毛に覆われた先がオレンジ色の大きな尻尾が三本、塀から飛び出している。華奢な胴体とは似つかわしくない遠目に見てもわかるくらいの熊のような大きな爪。夕日に照らされてオレンジのグラデーションに彩られ、とても神々しく見えた。

真っ赤な瞳はどこか人間のようだ。見定められているような、見透かされているような、そんな気がした。動物であったこともあって先ほどの二人よりじっと見ていたが、通り過ぎたとき、向こうは動いていないはずなのに常に正面を向いていたことに気が付いた。

早く家に着きたい。

見慣れた道。いつもより速く走っているのに一向に家に着かない。

こんなに帰り道って長かったっけ。

こんな道、そもそもあったのか。

ずっと同じ景色。道には誰もいなくなったが、周りの家の中から何人かの人がひそひそ話す声が聞こえる。

頭の中に声が響いた。男でもない。女でもない。年齢もわからない。

「は　い　り　な　お　せ」

すぐに踵《きびす》を返すと、今まで歩いてきた時間が嘘かのように神社の前に辿り着いた。

鳥居をくぐって脇から出たあと、再び鳥居をくぐり社殿へ参拝、そして鳥居を出ると視界が晴れたように明るくなった。

それからはいつも通りの道、いつも通りの家並みのある景色に戻ったという。

憧れ（八百津町）

　大学生のときカズマさんは、人より早めに就活を始めたが上手くいかなかった。

　自分だったらすぐに決まるだろうと思っていた――。

　現実を突きつけられたようで小さい挫折を感じて落ち込んでいたところ、両親がとても心配して声をかけてくれた。

「まだ焦《あせ》る時期じゃないんだから。気分転換もかねて旅行でも行ってきたどうだ」

　それもあり、親友と二人で岐阜県の宮本武蔵《みやもとむさし》にゆかりがある場所を巡る二泊三日の旅に出ることにした。宮本武蔵は漫画をきっかけに好きになり、色んな本を読むようになった。ピンチでも焦らない武蔵にあやかろうと思ったのだ。

　二日目。八百津町《やおつちょう》の五宝滝《ごほうたき》にいった。隣接している円明《えんめい》の滝は武蔵が二十代の頃に修行をして、円明流を作り出したといわれる場所。滝つぼギリギリまで行くことができ、跳ね返る水も当たる。

同じ歳くらいの武蔵が修行していたのか。

最近上手くいっていないからといって、自分はまだまだだな。

感動しながら流れる水を眺めていた。すると、滝壺へ何かがさっと動くものが見えた。

水しぶきにしては一か所に固まっているものが動いている。

水面に叩きつけられた水しぶきが集まって透明な人の形をしたものが滝に向かって吸い込まれるように入っていく。

見間違いなのかもしれない、でも宮本武蔵の幻影だったりしてと思うと嬉しい。

「おーい。そろそろ時間やべえしさ。早く行こうぜ」

興味がない友人は離れたところにある看板で携帯をいじっている。カズマさんと違って観光とご当地グルメが目的だったので、悪いことをしたなと思いながら急いで駆け寄っていった。

「わりい、わりい。他いこっか」

「あれ。ずっと隣にいた人どっか行ったんか。仲良さそうに話してたよな」

全く意味がわからない。

「隣にそんなヤツはいなかったけど……宮本武蔵がいたのかもな」

「いやいやそんなワケないだろ。お前何言ってんだよ」

心配する友人をよそに自分は特別選ばれた感覚がして嬉しかった。

旅行を終えてお土産を渡しながら家族に話すと、母親が教えてくれた。

「あそこらへんは平家の人が拓いた場所もあるのよ。あんたには平家の血が流れてるの。もしかしたらご先祖様がご挨拶しに来てくれたのかもね」

母親は平家の末裔《まつえい》らしく、家系図を見せてくれた。

あのとき見たものは平家のご先祖様なのか。宮本武蔵なのか。

正体を知ることはできない。

ただ、旅行中に目をひいた企業の看板があった。そこに電話をして働きたい旨を伝えると、すんなりと内定が出て、今もその会社に勤めている。見たものがなんであれ、良いものだったんじゃないかと思うそうだ。

吝嗇（山県市）

一年間の短期単身赴任で優也さんは山県《やまがた》市に配属された。引っ越し費用に併せ、赴任手当、家財道具を当てるための費用が別途支給され、少しでも懐に入れようと洗濯機を買わずにコインランドリーを使うことにした。週に三回程度、混まないように夜遅くに車で行くようにしていた。

そんな中、気にかかることがあった、帰宅する道中のT字路に赤信号で停まって左右を確認すると、横断歩道の反対側に男がいることがある。背の低い松の木の横に大きな岩があり、明るいグレーの作業着で腰かけた姿は暗い田舎の夜道でもはっきり見える。

ただ、顔がよく見えない。角度なのか、光のせいだろうが頭が無いように見える。

顔から下ははっきり見えるのだ。

その日もコインランドリーに向かうと、いつもは車内で時間を潰すが、近くにあるコンビニで夜食を買ってお店の中で過ごすことにした。

バタン、バタン――

機械音と洗濯音は案外気が落ち着く。

ガタッ　ゴッ――

自分の洗濯槽の方から固く鈍い音がした。

ポケットにライターとか、ベルトをつけっぱしで入れてしまったのか。

洗濯槽の前まで行き、ガラス窓越しに中を確認した。

ガッ　ゴッ――

無表情の男の頭が回転に合わせて叩きつけられている。

顔に水を滴《したた》らせつつ、鈍い音をたてて回っている。

パニックになりながら車に戻って車内で身を潜めるも、他に利用者がいる様子はなかったのでここにいるしかない。

深夜三時、閉店時間になると管理人なのか人がコインランドリーに入っていくのが見え、車を出て店内に入った。洗濯時間はとっくに過ぎており無音。濡れたままであろう洗濯槽の前に行くと、管理人の男性は気を利かせて声をかけてくれた。

「乾燥まだだったのかい。良かったらもう少し開けておくよ」

自分のランドリーの窓を覗くと自分の洗濯物があるだけ。

「いえいえ大丈夫です。家で干すんで。ありがとうございます」

濡れたままの洗濯物をバッグに詰め込んで家まで帰った。

すぐに部屋干しをしたが手が止まった。

あの頭と一緒に洗われていたものだと思ってしまったから。

向こう側（大垣市）

岐阜県内には最近まで踏切のない線路を横断する道が点在していた。地元住民の声があがってもなかなか踏切が設置されず、事故も多くあった。

リョウタさんの家庭は転勤族で全国を転々としており、小学四年生の頃に岐阜の大垣に引っ越した。

近所の子たちも快くリョウタさんを受け入れてくれ、線路脇の広場で遊んでいたときのこと。線路を挟んだ反対側に仲間に入れてほしそうにこちらを見ている同じくらいの年齢の男の子がいた。

不自然なほどに頬をいびつに腫らせて寂しそうな表情をしている。いじめられっ子なのか、自分と同じ引っ越してきたばかりの子なのか。学校では見かけたことがない。

「あの子も誘って一緒に遊ぼうよ」

「知らないんだ。あれはね。事故で亡くなったユウレイだよ」

「ユ、ユウレイ?」

友達たちはそのことが当たり前のように口を揃える。

「こっちにいれば怖くないから。な、続きをしようぜ」

そこで遊んでいると男の子が向こうにいることがあるが、こちらを見ているだけで確かに踏切を越えてくることはなかった。

その日は学校が終わったあと公園に行き、クラスメート八人で『ハンカチ落とし』の遊びをしていた。円になって目を閉じ、鬼役の人は円の外側を走ってハンカチを手に落とし、落とされた方は追いかける、そんな遊び。

リョウタさんが目を閉じると、後ろから鬼が走る音と、遠くから男の子の声が聞こえた。

――おーい
――なにしてるの
――ねえってば

聞いたことのない声。顔をあげると友達の一人が線路の方に向かって言った。

「俺らはこっちで遊んでるから! ごめんね!」

後ろを向くと線路の向こうにはこちらを見る男の子。すぐに電車が通った。

ねえ。

ぼくも混ぜてよ。

気づけば男の子は目の前、みなが円になっている輪の中心に立っている。顔がパンパンに腫れ、服にはどす黒い血でまみれていた。

一斉にそれぞれの家に逃げ帰って、リョウタさんもそのことを親に話した。

みんなも親に相談したのだろう。その線路脇でお祓いが行われることになった。

子どもたちも参加することになり、最後お坊さんに叱られた。

「君たちは『見えて』いたんだろう。そこにいるとわかっているのに、死者に生きている人の光を見せるべきではない。時間をかけてあちらの世界に行こうとしているのに君たちの行為はこの世への未練となって、この世にとどまらせてしまうことになるんだ」

可児は栄えてるんだぜ（可児市）

大学を出るまで洋一さんは可児《かに》市の住宅街にある実家に両親と兄で住んでいた。高校を卒業すると車をもつ友人が増え、ドライブをしたり、市内の繁華街で遊んで朝帰りすることも多く、その日もいつもの仲間と心霊スポットへ行くことになった。

「今日は『銃殺の家』に肝試し行こうぜ」

銃殺の家というのは街から少し車を走らせたところの林の中にある廃墟。実際に銃による殺人事件が起きた場所で心霊スポットになっている。柵で囲われているが、先客がやったのだろう、人が入れる隙間がこじ開けられている。中に入ってみると荒らされているが案外広く、部屋がいくつもあった。一通り中を見てみたが特別に何か起きることはなく怖いという感覚も全くなかった。

廃墟から出て車に戻った洋一さんたちは物足りなさを感じていた。

「せっかく来たのに全然だったよなぁ。怖い話しようぜ」

心霊スポットで恐怖体験できなかった分、怪談で埋めようとしたがどこかで聞いたことのあるような話ばかり。街中の公園の前に停め、心霊動画を見たがそれでも納得することはなかった。

「なんか怖い思いしたいよな。しらけるわー。お前らなんかないのかよ」

友人の一人が思いついたように言った。

「そうだ。霊感テストやろうぜ。お前ら知ってるか」

「なんなんだよそれ。おもしれえのか」

「いいからやってみようぜ」

友人がリード役となって霊感テストが始まった。

この本を読んでいる読者は知っているだろうが少し違う印象を受けたので、そのまま書くことにする。

1 目を閉じて心を静かにしてください。
2 自宅玄関の前に立っているのを想像してください。
3 その時、立っている自分に魂を乗り移す感覚で意識を移動させてください。
4 家の窓を一つずつ指先の感覚を感じながら、全て開けていってください。

5 開け終わったら玄関に戻ってください。
6 玄関からまた家に入り、開けたその窓を閉めていってください。
7 全て閉め終わったら玄関にもどってください。
8 ゆっくり目をあけてください。

「家の廊下とか部屋に人がいたらそこに幽霊がいるってことらしいよ」

「よかったぁ。俺誰もいなかったわ」

「マジかよ。廊下ですれ違ったんだけど」

この日一番盛り上がったが、洋一さんだけは顔を顔を上げることができなかった。目を閉じて言われるがままテストを行い、兄の部屋の窓を閉めているとき。背後の部屋の隅《すみ》の方から気配を感じる。隅を見ずに廊下へ出てドアを閉めようとした。

バタバタバタバタ！

部屋の奥から女が髪を振り乱しながら駆け寄って手を伸ばしてきた。必死にドアを閉めると女の青白い指先が挟まり、ドアノブ越しに感じる鈍い感覚と女の叫び声が響いた。驚いて廊下で転んでしまいすぐに目を開けようとするも開かない。

しばらくして「ゆっくり目をあけてください」の声で戻ってくることができた。

あまりにリアルで妄想から現実に戻った感覚がしなかった。

「おい、汗びっしょりじゃん。どうしたんだよ」

「顔真っ青だよ。もしかしたら怖かったんじゃねぇの」

今まで強がっていた分、怖かった言えばとネタにされてしまう。

「車酔いでちょっと具合わりぃわ」

時間は深夜三時。久しぶりにこの時間に解散。

家について二階の自室にいると先ほどのことが頭をかすめるが、深くとらえすぎたんだろうと気にしないでおくことにした。

四時頃。喉が渇いたので一階のキッチンに行こうと廊下に出ると光が漏れていた。兄の部屋のドアが開いている。そこから豆電球の光が漏れている。

こんな時間に起きてるの珍しいな。さっきまで閉まっていたはずなのに。

近付いてドアノブに手をかける。隅に目を見開いた女がいた。

「みつけたぁぁ」

女が走ってくるととっさにドアを閉める。

女の指を挟む。

あの感覚と女の悲鳴。

慌てて一階のリビングに駆け下りて家族が起きてくるまで震えていた。

朝六時頃。母が下りてきた。

「こんな時間に帰ってくるなんて珍しいわね。お腹すいてるでしょ」

「今あんま腹減ってないからさ。兄貴と合わせるよ」

「お兄ちゃん今日どっかに泊まるかなんかでいないわよ。食べたくなったら言いなね」

「そうなんだ……。そいやさ、夜中うるさかったよな。起こしちゃって悪い」

「夜？　全然何も聞こえなかったわよ」

父親も下りてきた。

「今日は朝帰りじゃないんだな。まあ落ち着く年か」

両親とも女の叫び声どころか勢いよくドアを閉める音、廊下を走って階段を駆け下りる音すら聞いていないようだ。

ここがいつもの日常なのか。妄想の世界なのか、境はどこなのか。

それから兄の部屋を避けるようになった。

関係があるとは思っていないが、右手中指を不自然に怪我をする。人差し指を怪我したと思うと中指を骨折していたこともあった。

同時期に兄の目元には隈ができ痩せて細っていく。

兄と二人でいたときに話しかけられた。

「なあ。ちょっといいか」

「どうしたん」

「最近寝てると女の声が聞こえてきてさ。向くとドアを内側から女が叩いてるんだよ。それで『いないいないいないいないいない』ってずっと言ってるんだよ」

洋一さんは自分がやったことが原因だったらと思った。

「そうなんだ。夢だろ。気にしない方がよくね」

兄にそのことを伝えることができなかった。

三か月ほど経った日。兄に話しかけられた。

「……この前した話、覚えてるか。忘れてるかもだけどさ。あの女の正体がわかったかもしれないんだよ」

「ああ、兄ちゃんなんか言ってたね」

「あいつ夜中にぶつぶつ言いながら隅とドアを往復してたんだよ。今は俺のベッドの横まで来て『どこどこどこどこどこ』って言いながらのぞき込んでくるんだ。顔に毛先が当たってそれが気持ち悪くてさあ」

洋一さんはあの日を思い出してこう言った。

「そうなの？　なんかの間違いじゃなくて？　気にすんなよ」

「そうだよな……信じてもらえないよな」

兄は力なく呟くと自室にもどっていった。

それからあの部屋も、家にいるのも怖くなってしまった。

またいつか無人の兄の部屋が開いているところに遭遇するのではないか。

可児市は栄えているので夜中遊ぶところはたくさんある。現実逃避するように家にはろくに戻らず卒業してすぐに家を出た。

ほどなく兄も一人暮らしを始めたと聞いたが、全く連絡がとれていない。

両親は気にしていない様子だ。

「まあな。お兄ちゃんくらいの年で一人暮らしすると家族に連絡しないってことはよくあるもんだからな」

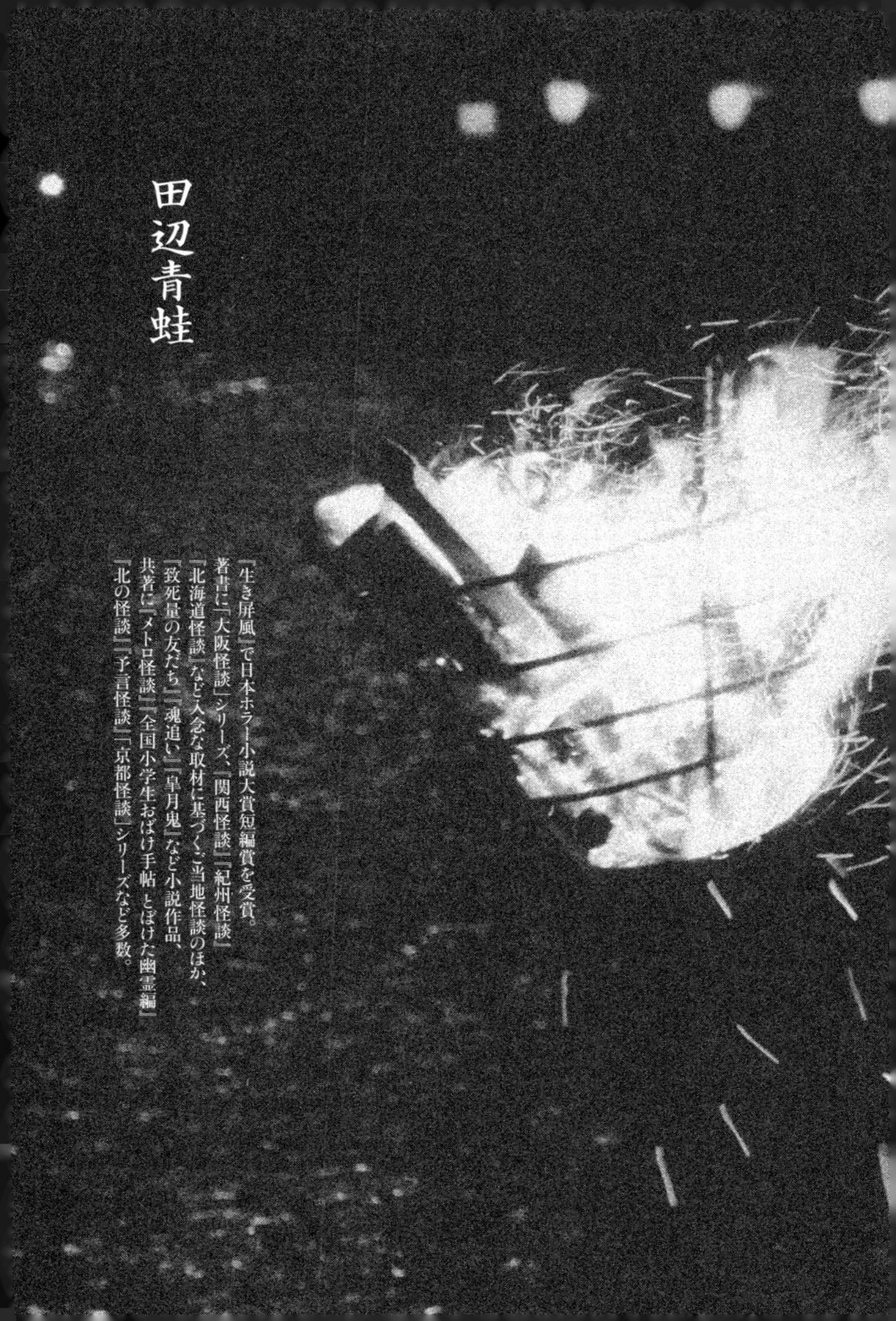

田辺青蛙

『生き屏風』で日本ホラー小説大賞短編賞を受賞。

著書に『大阪怪談』シリーズ、『関西怪談』『紀州怪談』『北海道怪談』など入念な取材に基づくご当地怪談のほか、『致死量の友だち』『魂追い』『皐月鬼』など小説作品、共著に『メトロ怪談』『全国小学生おばけ手帖 とぼけた幽霊編』『北の怪談』『予言怪談』『京都怪談』シリーズなど多数。

織田信長は「井の口」と当時呼ばれていた一帯を、中国で周《しゅう》王朝の文王《ぶんおう》が岐山《きざん》で天下を治めたことにちなんで「岐阜」と改め、天下統一の本拠地にした。本州のほぼ中心部に位置する岐阜を非常に重要視していたからだろう。

岐阜県は、海に面しておらず北部の飛騨地方の大部分は、標高三〇〇〇メートル級の飛騨山脈をはじめとする山岳地帯で、南部の美濃地域は、愛知県の伊勢湾沿岸から続く濃尾《のうび》平野が広がり、低地面積が広い。同じ県内でも南北で対照的な地域なので伝わっている話もかなり北と南で異なっている。

そんな岐阜に伝わる不思議な話や思い出の一部を紹介しよう。

合掌村の思い出（下呂市）

幼稚園の年小の頃だっただろうか、祖父に連れられて下呂温泉に来た。

あの頃、祖父は事故にあって足を痛めていたので湯治の意味合いもあったのだろう。

温泉や街並みについては、よく覚えておらず、川が流れていて何故か大きな鏡餅の模型が浮かんでいた記憶がある。だからあれはお正月だったのだろう。その程度しか私の鈍い脳みその皺《しわ》には刻まれていないのだが、今も鮮明に思い出せることが一つある。

それは、合掌村《がっしょうむら》という場所で見た竹原文楽《たけはらぶんらく》だった。


古い焚き木のにおいのする茅葺《かやぶき》屋根の並ぶ場所に、大きな木で出来た芝居小屋があった。

そこに入ると、三味線の音が鳴り豪華な刺繍《ししゅう》の施された幕がさっと上がった。

すると、色が洪水のように溢《あふ》れ、人形がくるくると舞い、踊り傘を持ち……夢のような光景が広がった。

祖父が舞台に見惚《みと》れる私の耳元でぽつりとこういった。

「この人形はな、全部糸で繋がっていて、一人の人間が操ってんのや」

嘘だと感じた。人が、それもたった一人の人間が、これだけの人形をまるで生きているように動かすなんて不可能だと思ったからだ。

きっとそれぞれの人形に機械が仕込んであって動かしているに違いない。

だって、舞台の上にある踊る人形達は軽くみても百以上あるようだし、舞台は季節も変わったし、色んな仕掛けもあった。雪や花も舞っていたからだ。

舞台が終わると汗だくの一人の男性が出てきて頭を下げつつ、何かを語っていた。

彼があの舞台全ての人形を繰《あやつ》っていた人だというのが信じられず、私は祖父に「嘘だよ絶対機械で動かしてたよ」と何度も言っていた。

だが、一部バックヤードを撮影したと思わしきパネルが出口付近に飾られているのを見て絶句した。糸に塗《まみ》れ、真剣な目で全身を使って人形を繰る姿がそこには映されていた。

歯車一つ使われていない、人形の裏の姿。

まるで蚕《かいこ》の繭《まゆ》のように糸に全身を覆われ、あれだけの人形をどうやって動かしていたのか……。白い糸の先に繋がった人形一つ一つが本当に、どうすればあんな動きが出来るのか。

たった一度見ただけの舞台だったが、強く印象に残り続けた。

祖父も亡くなり、あれから何十年も経った。

大人になってからもう一度あの文楽を見たいと思い、私は下呂にある合掌村に向かった。しかし、竹原文楽を行っていたのはただ一人で、既に故人となっており、しかも継承者はいないということだった。男性の名前は洞奥一郎《ほらおくいちろう》と言い、人形の制作から脚本、演出全て全工程たった一人で作り上げていたということが分かった。人形に心血を全て注ぎ込んだような人だったが、人形の大半は洞奥氏が亡くなられたのちに焼却供養されたという。

その話を聞いて私は、喩《たと》えようのない寂しさを感じた。当時の映像は残っていませんか？　と関係者の方に聞いてまわったものの、幾つか当時テレビの取材が入ったのでその映像がもしかしたらどこかに残っているかも知れないですが、ここには何もありませんと言われた。

あれだけの物が……記憶の中にしかない舞台となってしまったのか……そう思うと自然と涙が溢れ出た。

その後あちこちを巡り、当時の映像を探した。人形のことを知る人や、文楽の研究者を訪ねてみたが、どこかにあるはずという言葉以上のものを、私は長らく見つけることが出来なかった。人形師の百鬼《ひゃっき》ゆめひなさんも竹原文楽に纏わる物を長年探しているということだったが、彼女も私と同様どこかにあるという噂以上の情報を掴めていないようだった。

だがある冬の寒い日、大阪のとある古書店で、一本のＶＨＳテープを見つけた。そこには記憶の中にあるのと同じ、洞奥氏と人形がパッケージに印刷されていた。私にはその色褪せたパッケージが、沢山ＶＨＳが並んだワゴンの中で何故かキラキラと輝いて見えた。迷わずそのＶＨＳを手に取って購入し、何度も何度も夢ではないかと思いながら鞄の中を確認した。

家に帰るなり私は、古いＶＨＳ再生デッキを押し入れから引っ張りだして、友人と一緒に鑑賞会をすることにした。古いテープで再生できない可能性もあるし、そんな悲しい思いをするときに誰か側にいて欲しかったからだ。

友人は人形関係の仕事を大阪の松屋町《まっちゃまち》でしていることもあって、私の誘いに喜んで応じてくれた。それだけでなく、もし再生出来なかったとしても黴《かび》や埃塗《ほこりまみ》れのテープや切れたテープを補修してくれる業者のリストも予《あらかじ》め作ってくれていた。

どきどきしながら私はデッキにテープを入れた。ガチャンというテープが内部に嵌《はま》った音がして、ぷっぷっぷちぷちと砂嵐と共に雑音が聞こえた。

そして、いかにも昭和な音楽が流れ始めると、中心に着物姿の初老の男性……恐らく竹原文楽の創始者、一代限りの芸を作り上げた天才、洞奥一郎氏らしき人が現れた。

「見つけていただきありがとうございます」

映像の出だしにしては変だなと思った。そして再生は出来たことは出来たが、やはり古いテープということもあって黴や傷もあった影響か、映像はかなり不鮮明だったし、古い下呂温泉の映像が映し出されたかと思うとプッと音が出て消えてしまった。

「残念だったね、古いテープを綺麗にしてくれるところに修理を出したら見られるようになるかも知れないけど、念のため知り合いにもこのテープ持っていないか聞いてみるよ。人形と名前のつくものならなんでも映像で保管している人がいるんだ」

「ありがとう。絶対あきらめたくないから、可能な限りこのテープをどうにかして当時の映像の再生に挑戦してみる」

そんな風に友人と話していると、

「見つけていただき、ありがとうございます」

ビデオデッキから再度聞こえた。

その後、再び修理から戻ってきたテープを再生したが「見つけていただきありがとうございます」の声や映像が映ったり、聞こえることはなかった。

なので、二人してあれは何だったんだろう？　と未だに不思議に思っている。

次回下呂に行くことがあれば、このＶＨＳテープを合掌村に寄贈しに行くつもりでいる。

鬼の首（郡上市）

和良町沢《わらちょうさわ》の念興寺《ねんこうじ》には「鬼の首」が安置されている。

鬼の首は、二本の角の生えた頭蓋骨で、経年による変色が見られることから、かなり古い物だということが分かる。

前歯は欠損しており、人間の成人の頭蓋骨より一回りほど大きく、人よりも獣を思わせる形状だったように記憶している。

この首は、天暦《てんれき》年間（九四七～九五七）、に瓢ヶ岳《ふくべがたけ》を根城に付近を荒らしまわっていた鬼の物だそうだ。

鬼の首を刎《は》ねたのは、高賀山《こうがさん》信仰で有名な藤原高光《ふじわらたかみつ》だそうで、長きにわたって高光の子孫が大切に保管していた。

だが、元禄七年（一六九四）に高光の子孫、粥川太郎右衛門《かいがわたろうえもん》の死去に伴って寺に納めら

れた。

鬼の首は土日、予約を事前に行えば拝観が可能なのだが、撮影は一切禁止されている。これには理由があって、漫画家の永井豪《ながいごう》が『手天童子《しゅてんどうじ》』取材のために鬼の首の写真撮影をしたところ、その直後から周囲で怪奇現象が続けざまに起こったからだそうだ。たまらず、永井豪が写真を寺に納めたところ怪奇現象は収まった。永井豪と交流があるという知人の漫画家にこのことについて確認してみたところ、事実だという話を聞いた。ただ、肝心の怪奇現象の内容については「知らない」ということだった。でも、当時本当に何か言葉では説明できないようなことが続けざまにあって、随分困っていたらしいよとのことだった。

その後も現地で取材を続けたところ、鬼の首はかつて二つあったそうで、もう一つは見るだけでかなり障りがあったせいか、誰かがいつの間にかどこかにやってしまったという話も聞いた。

後日、知人から『わたしの怪奇ミステリー体験③』（一九九一年刊　ムー特別編集）に有名人の恐怖体験の項目に永井豪による「鬼の首」の怪奇現象と顛末《てんまつ》について書かれていると知らされた。

私は早速古書館で本を探し求め、見つけることが出来たので、内容をざっくり引用も含めつつ纏《まと》めてここで紹介しよう。

「取材スタッフに次々と襲いかかった奇怪なドクロ『鬼の首』の祟り!!」（漫画家・永井豪）によると、取材のために「鬼の首」の写真を撮影しようとしたところ、ご住職にこう告げられたそうだ。

【もう何年か前になりますが、ある人がこの鬼の首の写真を撮りましてね。ところが、その写真ができたころ、その方のお子さんと奥様が次々と交通事故や病気にあわれ、一家死滅なさってしまったのです。驚いた親戚の方が、あわててフィルムとプリント写真をお寺に持ってまいりました】

その後、現像した「鬼の首」の写真フィルムに真っ赤な血のように見える傷がついていた。それだけでなく、取材に行って写真を撮影したスタッフの家族が次々と体調不良に見舞われ、他にも次々と大変なことが起こって、永井豪氏は仕事も手につかなくなってしまった。

ほとほと困り果てた永井豪氏は、御母堂《ごぼどう》に今までのことを相談したところ除霊を勧められた。その後の顛末はかなり凄い。どうしてここまで紹介しておいて最後まで書かないかというと、ちょうど除霊をと打ったところで地元でニュースにもなったとある事故に私が巻き込まれたからだ。

事故について書くと個人情報がモロバレになるのでこの辺りはあえてぼやかしておく。そして、事故にあったのはたぶん偶然だと思うのだけれど、怖くなったので、この続きはあえて書かない。

気になった人は『わたしの怪奇ミステリー③』を探し出して読んで欲しい（他社の本だけれど、竹書房さんは許してくれるだろうか……）。

今も『鬼の首』の撮影は禁止されている。

鈴の森（下呂市）

仏《ほとけ》ヶ《が》尾山《おやま》に登った時に道に迷ってしまったことがあって、気が付いたら林の中にただ一人ぽつんと佇《たたず》んでいたんです。

そして、林の木の枝という枝に鈴が下がっていて、風もないのに一斉にちりちりと鳴り始めたんで、これは何か人じゃないもの、きっと神様のようなものがこれから現れるに違いないと感じました。だから、私はさらに道迷いになる可能性もあったけれど急いでその場を離れたんです。

そうしたら気が付けば何故か、東京の雑居ビルの屋上にいて宿に置いた荷物も足元におかれていました。

未だにどういうこと？　って謎なんですよね。

ワープしたとしか思えないんですよ。

ただ、あれ以来怖くなって山は全く登っていないです。

小学生でも登れるような低山でも嫌ですね。

鈴の木のある森に、今度出会ったらたぶんこの世界に次は戻ってこられないような気がしているんです。

野麦峠

奈良時代に、信濃国《しなののくに》と飛騨国を結ぶ官道として開かれた野麦《のむぎ》街道にある「野麦峠」は、難所として知られている。

明治の初めから大正にかけて、諏訪《すわ》地方の岡谷《おかや》へ、現金収入の乏しい飛騨の村々の女性が生糸工場の女工として出稼ぎのためにこの険しい峠を越えて行った。

標高一六七二メートルにある峠は馬も通れず、傾斜が強いことから、現在の装備でも油断すれば命を落とす場所だ。

「野麦峠」の由来は諸説あるが、妊婦が厳しい峠越えの最中に胎児を流産してしまったので、そのことから野に産み捨ててしまった峠、野産み峠から、野麦峠となったという。

他にも峠に群生する熊笹が麦の穂に似た、実をつけることから熊笹を野麦と呼んだことに由来するという説もある。

野麦峠の冬は、雪深く、冬は天候も荒れることが多い。

一八二五年（文政十年）に、奈川村下郷の庄屋・永嶋藤左衛門は、野麦峠で毎年凍死する者が出ることを憂いて、石造の避難小屋、通称「おたすけ小屋」を造った。

だがそれでも、命を落とす者は多かった。それだけ険しい場所だったのだろう。

中には、「おたすけ小屋」にあと少しというところで、凍り付いた遺体が発見されることもあったそうだ。


明治から大正・昭和の時代に生糸工場に働いていた女工達が一年間稼いだ賃金を持って故郷へと帰るために、年の暮れに雪深い野麦峠を越えて飛騨へと帰る途中、遭難して命を落とすことがあった。

十数歳の少女達が賃金を胸に、丸く固まって亡くなっている姿が発見されたこともあったそうで、吹雪の最中、彼女達は寒い峠で何を思ったのだろう。それは、温かい故郷で待つ家族の姿だったのだろうか。

こういうことが過去に多くあったからか、野麦峠には昔から多くの幽霊の目撃譚がある。

特に亡くなった女工の幽霊が目撃されたという話があり、「お助け小屋」近くに亡くなった女工達の供養塔が建てられている。

垢切れだらけの小さな少女の手が、この慰霊碑を慈しむようにぴたぴたと触れていたという話も聞いた。

今も雪の季節になると、野麦峠では少女のすすり泣きが聞こえるという。

両面宿儺（高山市）

両面宿儺《りょうめんすくな》の名は『日本書紀』（七二〇）に記載されている。

飛騨國有一人 曰宿儺 其爲人 壹體有兩面 面各相背 頂合無項 各有手足 其有膝而無膕踵 力多以輕捷 左右佩劒 四手並用弓矢 是以 不随皇命 掠略人民爲樂 於是 遣和珥臣祖難波根子武振熊而誅之（日本書紀より）

ざっくりと訳すと、飛騨の国に両面宿儺がいた。

名と体は一つだが、顔を二つ有し、頭頂部で融合していて、うなじがない。

手足は四本ずつ有り、膝の裏やかかとがない。

四本の手に二振りの剣と、二張りの弓を用い、怪力で俊敏、朝廷に従うことなく、人民から略奪を行っていたので、難波根子《なにはのねこ》武振熊命《たけふるくまのみこと》が討伐のために派遣された。

つまり、中央に従わない異形が出たので討伐対象となりましたということなのだが、飛騨地方に伝わる宿儺像は全く異なっている。

両面宿儺は武勇にすぐれた英雄で、指導者だったというのだ。

歴史を記したのは、まつろわぬ民のリーダーだった宿儺をあえて悪者にしたのだろうという見方が存在する。それは日本書紀が中央の支配者側の視点で書かれている書物だからだろう。

丹生川町《にゅうかわちょう》にある千光寺《せんこうじ》は、両面宿儺を開祖としている。

円空仏《えんくうぶつ》を多く所蔵していることから、円空の寺と呼ぶ人もおり、寺内には円空仏寺宝館がある。

円空は、寛永九年（一六三二）に美濃に生まれた謎多き漂泊の僧で、生涯十二万体以上の仏像を残した。特に、享保三年（一六八五）に千光寺を訪れた時に、当時の住職と意気投合して数年間滞在したことから、多く飛騨に円空が彫った円空仏が残っている。

円空仏寺宝館には円空の彫った「両面宿儺座像」や複数の作者による、両面宿儺像も祀《まつ》られている。

これらの像からも分かるように、飛騨では宿儺信仰が行われていたようだ。

他にも両面宿儺に関わるスポットは県内に複数存在し、善久寺《ぜんきゅうじ》も両面宿儺が乾隆した寺院だとされ、両面宿儺出現の様子を記した「両面宿儺出現記」が残されている。

出現記によると、仁徳《にんとく》天皇の時代、山が突如鳴動《めいどう》し、岩壁が崩れた。

そして、崩れた岩によって出来た岩窟《がんくつ》の中から両面宿儺が登場した。

二面四手四脚、身の丈六メートルの宿儺を一目見た人々は恐れおののいた。

宿儺は、驚き怯える人々を諌《いさ》め、己は人々に仏法の守護のためにこの世に出現したと伝えたそうだ。

善久寺からほど近くに、宿儺が出現したとされる両面窟があり、ここを訪れる者があれば天候が荒れるという。かつて、弘法大師が両面窟で宿儺の供養をしたとも伝えられている。

両面宿儺に関する伝説は今も昔も様々な人を呼び寄せ、魅了し続けているのかも知れない。

両面宿儺（高山市）

下呂の首なし地蔵（下呂市）

下呂温泉の中心部から歩いて十数分の飛騨街道沿いに首があるのに、首なし地蔵と呼ばれる地蔵尊がある。

首があるのに首なし地蔵と言われる由来は、今からさかのぼること、江戸時代末期、森八幡様の祭りの日のことだった。

若い女が輪になって踊り、太鼓の合図で美しい花笠が群衆めがけて投げ込まれた。

すると、その花笠を隣村の若い衆が奪って駆け出してしまい、面子《めんつ》を潰されたと感じた村の男衆が後を追ったが追いつけず村境まで来てしまった。

辺りは既に薄暗く、これ以上追うことも出来ず、悔しがりながら道を歩いている男衆の目に、地蔵が映った。

古いお堂で、誰も参る人のいない地蔵のようだった。

何を思ったのか追手の男衆は腹いせに「この地蔵をもらおう」と持ち帰り、塚田（現在

の本町）の町はずれまで背負ってきて祀った。

それから何年か後のこと、高山の代官がこの益田街道を通った。

代官は傲慢《ごうまん》な人で、「自分の通る道にいるとは無礼」と地蔵の首を斬り、地中深く埋めてしまった。

後日、代官は高山に戻ると、重い病気にかかり家中の人も同じ病気で苦しんだ。

それは誰も見たことのない奇病だった。

熱や発心や気が狂うような痒みに魘《うな》されながら、代官の頭に浮かんだのは首を斬った地蔵のことだった。

代官は這うような体で周りの人に、地蔵を掘り戻して、再び首を繋ぐようにと頼んだ。

その通りにすると、病気も快癒したのでやはり祟りだろうと、皆が思ったそうだ。

今も街道には首のある「首なし地蔵」が大切に祀られている。

髪の毛の生えた柿の木（養老町）

福源寺《ふくげんじ》という古い禅寺の墓地の一角に生えた柿の木に、こんな言い伝えが残っている。

大坂城代・青山宗俊《あおやまむねとし》の家臣であった石井宇右衛門《いしいうえもん》は、赤堀源五右衛門《あかほりげんごえもん》に槍の稽古を望まれたので、つけてやった。だが、その稽古内容が不服であったことから逆恨みされ、源五右衛門に殺されてしまった。父親が無惨に殺されたことを知った、十八になる長男の三之丞《さんのじょう》と次男の彦七は、免状を受け取って、仇討ちの旅に出た。

そして、延宝元年（一六七三）の夜、赤堀源五右衛門の養父・赤堀遊閑《ゆうかん》を大津で討ちとることができた。だが、肝心の赤堀源五右衛門がなかなか見つからず、兄弟は名乗りをあげながら探し回った。

八年の月日が経った、天和元年（一六八一）正月、美濃《みの》で風呂から上がった無防備な状態のところを、長男の三之丞は源五右衛門の返り討ちに遇って亡くなった。仇を持つ方も打つ方も常に油断してはならないということなのだろう。八年の月日……相手は見つからないこともあって、気のゆるみがあったに違いない。風呂から出たところを一突きで殺されてしまったそうだ。

次男の彦七は三之丞と別行動をとっていたが、兄の訃報を聞き一人で伊予国《いよのくに》へ出向く途中で、海で時化《しけ》に遭遇して溺死。長男と次男は相次いで父親の無念をはらせずに命を落としてしまったのだ。

あまりにも呆気なく返り討ちに遭った三之丞は、叔父宅のある室原《むろはら》の福源寺に葬られた。

それからしばらくすると、福源寺の墓地のはずれに柿の木の一本の幹からわさわさと黒い〝髪の毛〟が生えてきた。

これを見た人は、仇討ちを成し遂げることが出来ず、無惨な死を遂げた石井三之丞の魂が、再び生まれ変わって仇を討ちたいとの一念で柿の木に髪の毛を生えさせたに違いないと言うようになった。この噂は評判となって、大垣藩の殿様も見物にきたという。

〝髪の毛の生える柿の木〟は今もあり、「石井三之丞柿の毛」と呼ばれている。

一度枯れてしまったそうだが木の幹をよく見ると黒い、それこそ縮れた男の太い髪の毛に似た物が生えていた。見ていると恨みの深さが地中から柿の木を通じて滲みだしたようにも感じて、夏の暑い最中に見に行ったがぞわっと寒気が走った。
この柿の髪の毛は三之丞の毛であると書かれた案内板が木の側に立っている。

石に纏わる話

小さい頃から石が好きで、今もそれは変わらない。公園に遊びに行っても砂の粒や地面に埋もれた石に心を惹かれた。岐阜は石の宝庫だ。

先日も、化石と奇石を求めて岐阜に行き、そこで石だけでなく不思議な話も収集出来た。

そして岐阜は石だけでなく古くからの伝説が数多く残る場所としても知られている。

数多くの龍神伝説や、最近某漫画で更に話題となった両面宿儺など、あげればキリがない。

また、中世で岐阜は日本の中心の地だった。戦乱の時代に纏わる地を巡っての血みどろの話も多く伝わっている。戦死者の血をたっぷりしみ込んだ場所ですから……そんな風に取材中に語ってくれた人もいた。

天下分け目の関ケ原や、まむしと呼ばれた下剋上《げこくじょう》で知られる斎藤道三《さいとうどうざん》、そして織田信長……今も昔も、様々な逸話を産み出している地の怪談はどんな内容なのだろうか？

狗賓石（下呂市）

紫外線を当てると光りを放つ蛍石《ほたるいし》が採掘出来る谷が、金山町《かなやまちょう》にある。

蛍石はかつて、鉄鉱石の溶剤として使われていて、製鉄には欠かせない物だった。

最盛期には一日に三十六トン以上の蛍石が金山町の鉱山で採掘されていた。今はその時の賑わいは見る影もなく、静かで水のせせらぎしか聞こえない場所で、青や淡い紫色に光を放つ蛍石を探していた時のことだった。バサバサバサと頭上で大きな鳥の羽音が聞こえたが、見上げてみても、何もいなかった。

そこで、近くに同じように蛍石を探していたという男性から、こんな言葉を聞いた。

「あの羽音、昔家にあった狗賓石《ぐひんせき》の側で聞いた音に似てた」

狗賓石という単語に興味を惹かれて、それが何かと尋ねるとこんな話をしてくれた。

「家の庭にある灰色の丸い石で、爺さんが天狗から貰ったから狗賓石だと言ってました。その上で昼寝をしたり、座ってスケッチをしているとね、さっきみたいにバサバサって羽の音だけ聞こえて上を見上げても何もいないってことが何度もあったんです。そしたら家族は天狗だろうって。

実際ね、腕の長さくらいある黒い羽根を庭で拾ったことがあるんです。天狗が取り返しに来たのか、学校に持ってったら無くなってしまいましたけどね」

その石は今も庭にあるんですか？　と男性に聞くと、家は売りに出してしまったが、今住んでいる人に確かめればあるかどうか分かるということだった。

私は男性に連絡先を渡し、石があれば必ず電話をして欲しいと伝えた。

未だに連絡がないのだが、狗賓石を一度見てみたいと思っている。

狂人石（高山市）

桜山八幡宮《さくらやまはちまんぐう》神社は、両面宿儺を討伐するために、征討将軍の勅命を受けた難波根子武振熊命《なにわのねこたけふるくまのみこと》が戦勝祈願をこの桜山の神域で行ったのが創祀と伝えられている。

それを証明するのが、地面から突き出すように飛び出ている大きな一つの岩だそうだ。

勅命を受け、官軍を率いて飛騨に入った武振熊命が、戦勝祈願を行った霊威溢れる場所がこの岩の付近だと伝えられている。岩の付近は、清浄故に汚してはならぬ場所だそうだ。

どこの場所よりも清らかで、絶対に何があっても汚してはならない場所の岩には「狂人石」という名がついている。

理由は、岩に手を触れたものはその場を穢《けが》したということで神罰が下り、気が触れてしまうからだそうだ。

今から千六百年以上前からの伝説で、実際岩に近づくと息苦しさというか、圧迫された空気のようなものを感じたのは気のせいだろうか。

冗談半分でも、触れてはならない物だという気配を岩だけでなく、その土地が放っているようだった。

猫石（下呂市）

飛騨は険しい土地が多く、耕作地が少なかったことから税に当てる産物として養蚕《ようさん》を行う地域が幾つもあった。

養蚕農家は蚕を鼠《ねずみ》が獲ってしまうことがあるので、猫を飼った。だが、猫を飼う余裕もない家は猫の形に見立てた「猫石」を鼠避けに祀って、祈った。

蚕が丈夫に育ち、繭が豊作になることを祈念する「お蚕祭り」の帰りに小さな生まれたての子猫によく似た石を見つけた男が昔いて、大事に神棚に「猫石」として祀った。それからしばらく経ち、八十八夜の頃にバリバリと何かをかみ砕く音が聞こえ、男が神棚を見ると鼠の千切れた尾が「猫石」の側に落ちていて、石に血曇りが付いていた。「猫石」が鼠を食ってくれたのだと思い、男はさらによく手を合わせるようになり、その家はしばらくの間、鼠害《そがい》が減ったという。

実際荻原で、「猫石」を祀っていたという人からこれは聞いた話で、彼の家は祭の時にご利益を願って寿司を「猫石」に備えることもあったらしい。

姥切石（養老市）

荘福寺《しょうふくじ》は岐阜県養老郡養老町にある薬師如来《やくしにょらい》を本尊とする鎌倉時代創建の臨済宗南禅寺派の寺院だ。昭和九年（一九三四）に大塚城跡付近から現在の位置に移転した。

この寺院には「姥切石《うばきりいし》」と呼ばれる石がある。

昔、境内にあった石の傍らで女が悶死した。するとて、石に女の霊が取り憑き、夜になると石は人肌ほどに温かくなって、奇声を発した。その話を聞いて、京都からやって来た高僧が石の側で歌を詠み、喝を入れると石は冷たくなり声も上げなくなった。以来、その石は「姥切石」と呼ばれるようになった。石は女性が膝をついて屈んで何かを拝むような姿の形をしていて、今も寺院にあるという。

この石が見たくなって、行ってみたものの、現在は無人寺になっているのか、境内には誰もおらず、どこにその姥切石があるのかは分からなかった。

近所の人にも聞いてみたが、そういう石がある話を聞いたことがあるような、無いようなというはっきりしない反応だった。

岐阜県内には長い間忘れられていたが、某少年漫画の主人公が修行中に刀で切った石にそっくりな一刀石があり、もしかしたら漫画のモデルかもと某氏が宣伝を行った。

それ以来、その石は大変な人気となっている。

「姥切石」も誰かが、モデルにした物語を書けば人気となってここに多くの人が押し寄せるかも知れない。

せめて、境内に説明板でもあればと思いながら、私は寺を後にした。

石の声（某所）

黄色い松脂に似た色の、蛋白石《オパール》を見つけた川でこんな話を聞いた。

岐阜で実は蛋白石が採れる。

具体的な場所を書くと採掘場所に迷惑がかかるかも知れないので、記さない。

私は川の中に浸《つ》かってその日は朝から石を探していた。

今回は標本になりそうな石を中心に探していたのだが、一緒に来ていた友人は出来れば透き通った宝石を持ち帰りたいと言っていたのに何も見つからず不機嫌そうだった。

しかし、近くを探していた男性は「あった！　あった！」と次々と色んな透き通った石を見つけ、嬉しそうにしていた。友人はたまりかねたのか、その男性にどうやれば透き通った奇石をこの川の中から簡単に見つけることが出来るのかと聞いた。

するとと男性はこう答えてくれた。

「こんな風に、山や川で奇石を探していると時々〝こっちにあるぞ〟とか〝ここだ〟と声が聞こえて、実際その辺りを探すといいのが見つかることがあるんですよ」

私は過去に石から声が聞こえる話を元にした小説を書いたことがあるので、それってどんな声なんです？　と思わず二人の間に割って入るように質問してしまった。

「石の声ですからね、キンっと澄んでいて小さな声ですよ。私が身に着けてるガーネットも、瑪瑙《めのう》も翡翠《ひすい》もそうやって見つけたんです。

だけどね、ある日〝これはやめとけ〟って声が聞こえたんです。そしたら今日ここで見つけたような小さいのじゃなくって、親指くらいの大きさの燃えるような赤い色を秘めた蛋白石が目に入ったんです」

「蛋白石でそういうファイア（炎）のような物が入ったのって日本国内では見つかること無いですよね？」

蛋白石、つまりオパールのことで、私も何度か国内で見つけたことがあるけれど、炎のような遊色やファイアが入ったものは手に入れたことがない。

「そうでもないですよ。ともかく、赤い炎を閉じ込めたような石を見つけ、気が付いたら拾い上げていたんです。そしたらね、山が笑ったんです。きゃきゃきゃきゃきゃきゃきゃって。山全体が笑ったんです。そうとしか思えないような音がね、辺りからわーっと出て、僕の周りを包んだんですよ。きゃきゃきゃきゃきゃ、きゃきゃきゃきゃきゃって。普段見慣れた景色が、笑い声のせいで異質な世界に紛れ込んでしまったような気持ちになって、石をパッと放して駆け下りて家まで戻りました。そしたらね、ピンポーンってインターフォンが鳴って返事しても誰もいなかったんです。

翌朝、外に出たら玄関の前に昨日山で見つけたあの蛋白石があったので、蹴ってどこかにやりました。それ以来あの石は見かけてないんです。

以来〝これはやめとけ〟って石を採掘している最中に声が聞こえた時点で、もうそっちは見ないようにして、早く帰ることにしています」

その後、男性は多く見つけた奇石の中から一つだけを摘まみ上げしげしげと眺めて写真を撮影してから、全て再び流れの中に石を戻していた。

あの日、翌朝は大雨の予報だったので、あの石たちは川から流されて今はどこか遠い場所に沈んでいるのだろう。

ちなみに私は石の採掘は必ず許可を得た場所で行っている。

犬石（関ヶ原市）

戦国時代、飛騨は戦乱に明け暮れた土地だった。

内は、江馬《えま》、広瀬《ひろせ》、小島《こじま》、三木《みつき》、姉小路《あねがこうじ》家で攻め合い、外からは武田《たけだ》と上杉《うえすぎ》が常に狙いを定めている状態で、武将も住んでいる土地の人々も全く気が休まらない状態がつづいていた。

そんな中、江馬輝盛《てるもり》は武田軍を援軍に招き、飛騨を平定しようと企んでいた。

だが、上杉方の密偵によって情報が漏洩していることが判明してしまった。

輝盛は長年秘密裡に進めていた計画が露呈していることに狼狽《うろた》え、疑心暗鬼になっていった。三木が上杉方にも属した情報を知り、焦った輝盛は、疑わしいと感じた者を次々と殺していった。忠臣と名高き者を皆の前でつるし上げ、分家を潰し、兄も殺し、父をも手にかけた。

そんな、身内の誰もが相疑いあう、血で血を洗うような事態の最中、輝盛の弟・小四郎貞盛《さだもり》は次はいよいよ自分が危ないと感じ、天正七年（一五七九）の冬、猛吹雪の中従者十三人を引き連れて、城から抜け出した。

そして兄からの追っ手を恐れて、一行は東に向かった。それは山路の険しい道で、現在でも冬場はベテランが装備を揃えて挑まないと命を容易《たやす》く落としてしまうような難所だった。雪をかき分け、ただひたすら逃げ続けた一行だったが、凍死する者、足を滑らせて滑落死する者が続出した。そんな状況に狂い出す者もいたという。

そんな中、山を越えればもう少し、もう少しだ、この雪と寒さならば追っ手も来ない。そういって生き残った皆を貞盛は励まし続けた。

最終的に、笈破《おいわれ》にたどり着けたのは数名で、貞盛も酷い凍傷を負っていたので百姓の家で手当てを受けたが回復せずに亡くなってしまった。

それが十二月二十九日のことだった。

その日から、貞盛がとても可愛がっていた手飼いの唐犬が食事を採らなくなった。

そしてどんどんやせ細っていき、噂で貞盛の死を知り悲しみゆえに食を断っているのではないかと噂されるようになった。

やがて犬は衰弱死して、その亡骸《なきがら》は石になってしまった。以来、犬の飼われていた場所を犬石村と呼ぶようになった。

犬石村は後に伊西村と名前は変わり、石は宗徳寺《そうとくじ》に移された。

夜になると、犬石は遠吠えをすることがありその後必ず不吉なことが起ったそうだ。

天高十年（一五八二）本能寺の変で信長が亡くなった後、三木自綱《よりつな》と江馬輝盛は激しく争った。だが、飛騨の関ケ原の合戦とも称される八日町《ようかまち》の戦いで敗れて討ち死にし、江馬家の城も陥落した。家臣も自害し、その時は犬石が一晩中、吠え続けていたそうだ。

飼い主の仇となる人物が死んだことをあの世で報告していたのか、それとも別の意図があったのかは分からない。

犬石はその後もたびたび吠え続けていたそうだが、とある旅の僧が手を合わせてからぴたりと鳴くことが無くなったそうだ。

おぶ石（下呂市）

下呂の温泉街で宿泊した時にこんな話を聞いた。

赤子をおぶった母親が、秋の夕暮れ時に岩の前を通りかかった。すると、怪しい声がどこからともなく聞こえてきた。

「おんぶしょう、だっこしょう」

それは暗く低い闇夜の隙間から這い出るような声だったそうだ。

どうしたわけか、母親がその声を聞くと体がだるく重くなってきたので、おぶった赤子を岩の上において一休みすることにした。

すると、岩にすうっと吸い込まれるように赤子が消えてしまった。

母親が幾ら岩に縋《すが》りつこうが泣こうが喚《わめ》こうが赤子は戻ってこず、以来その岩を「おぶ石」と呼ぶようになった。

今も人はこの岩の前を通り過ぎる時は走っていくという。

鼠石（高山市）

双六谷《すごろくだに》の道路脇に「鼠石」と呼ばれる石がある。

名前が示すように、白い鼠の姿が石に浮かび上がっている。表面は磨いたように滑らかで、手を当てると石の冷たさが掌《てのひら》から伝わる。

この石には上宝村《かみたからむら》教育委員会の解説によると、こんな伝説が残っている。

昔、双六川の底からねずみが這い出して「鼠石」に宿った。このねずみの精は村人と親しんだという。ところが後世、村人たちは珍しい石ということで桂峯寺《けいほうじ》（上宝町長倉）に寄進してしまった。

すると次々に人が死んでいくので易者《えきしゃ》に占わせたところ、ねずみが寂しがり双六の村人を呼ぶということだった。村人は驚き、桂峯寺から再び石をもらい受けこの地に置いたという。

他にもこの石を動かすと、鼠石が呼ぶのか鼠が大量に発生し、土地の産業である蚕や繭も食い荒らされてしまったという伝説が地域で語られていた。

そして、石に触れると雨が降るのだという。

私が手を触れてしまったせいか、その日は夕方から翌朝まで上げしい雨がずっと降っていた。

おかげで足場が悪くなり、取材で巡る予定だった場所に行くことが出来なかった。

何かが宿っている物には安易に触れてはいけないようだ。

陣屋稲荷の根子石（高山市）

一本杉白山神社《いっぽんすぎはくさん》の境内にある、陣屋稲荷《じんやいなり》はかつて、根子石《ねこいし》と呼ばれる石の側にあった。

その石を「猫石」と呼ぶ人もいて、八軒町《はちけんまち》に住む者は恐れているという。


昔、陣屋に猫好きで知られる少女がいた。少女は特に一匹のちっぽけな猫を可愛がっていて、その猫は言葉が分かるのではないか？　と周囲の人が疑うほど聞き分けがよく、少女によく懐いていた。だがある日、猫が少女に爪を立てて襲いかかろうとしたので、周りの人が猫を捕まえて首を落とした。しかし、それは誤解で猫は少女ではなく、少女の後ろにいた大蛇に対して威嚇して襲い掛かろうとしていただけだったことが直ぐに分かった。

大阪の「犬鳴《いぬな》き山《さん》」にも同様の民話が伝わっているが、猫と犬という違いがある。

猫の首を落とした男は、猫の遺骸に向かって悔いて稲荷神社を立てて祀った。

その後、稲荷神社は市区改正のため、一本杉へ移されたが、猫の遺骸の血が沁みついていたという根子石だけは動かすことが出来なかった。

なんでも神託によると、この石だけは動かしてはならないそうだ。

その理由は猫の霊が籠っているからだそうで、石に無礼なことを働けば必ず祟るといわれている。

動かそうとするだけでも駄目だそうだ。今から数十年前に、手を触れて冗談めかして根子石を動かそうとした人が、家に帰るなり猫のようになって、畳の上を転がり回りだした。

その上高いところから飛び降りようとしたので、家族が必死に止めた。それからしばらく経つと正気に戻ったそうだが、以後、家の中で猫の声がしたり、その人の背中にすっと猫が爪を立てて付けたような傷が見つかることもあった。

それだけでなく、熱で浮かされることも多くなったそうだ。しかも、重要な仕事が入った時や、以前から計画していた旅行の当日など、この日だけは避けて欲しいという時に限って高い熱が出て、寝込んでしまった。

おまけに寝ている最中に、にゃあにゃあと猫の声を聞くそうで、その鳴き声は、熱に浮かされて寝込んでいる本人にしか聞こえなかったそうだ。

千鳥橋（岐阜市）

千鳥橋に夜通りかかった時に、そこだけ浮かび上がるように白い羽の大きな鳥がいた。

たぶん、種類はシギだかサギだったと思う。

その鳥、最初は嘴《くちばし》を羽にうずめて座った姿勢で欄干にいたのだがすくっと立ち上がった姿を見て仰天した。なぜなら足が、鳥のそれではなかったからだ。

細い黒い鳥の足ではなく、誰がみてもそれは人の足のようだった。

自転車を止めて立ち止まり、人の足をした大きな白い鳥を撮影しようとしたが、取り出したスマホを白い足で蹴られた。

女の足だった。

金華山の伝説

木曽三川《きそさんせん》の一つ、長良川《ながらがわ》の南岸、標高三二九メートルの金華山《きんかざん》山頂に立つ岐阜城。三方を急な段壁に囲まれ、守りやすく攻め難い山城としても知られている。

一二〇一年（建仁元年）に、源頼朝に仕えて功績をあげた鎌倉幕府執事・二階堂行政《にかいどうゆきまさ》がこの地に最初に砦を築いた。岐阜城は旧名を稲葉山城といい、戦国時代には、司馬遼太郎《しばりょうたろう》の歴史小説「国盗り物語」の主人公である斎藤道三の居城でもあった。岩山の上にそびえるこの城は、美濃攻略をねらう織田信長も攻略するのには苦戦したが一五六七年に攻め落として、城主となった。

多くの観光客や地元の人々の憩いの場としても人気の金華山には様々な伝説が伝わっている。この山は一つの石から出来た「一石山《いっせきざん》」とかつては呼ばれていた。元々は東北地方の金華山にあった小さな石が拾われてこの地に投げ捨てられたのだが、不思議な力で育って山になったというのだ。だから東北にある金華山と同じ名で呼ばれているそうだ。

そんな経緯で出来たという伝説がある山だからか、金華山にある石にも何かが宿っているのだろうか、小石一つでも持ち去ると災いがあると教えてくれる人がいた。

その人は金華山の山頂付近で、丸くすべすべした石が目に入ったので拾い上げた。

表面を撫でているうちに、これは自分の物だという気がしてポケットに入れて持ち帰ることにした。すると、その後山を下りてすぐに転倒して、三か所骨折。しかもしばらくの間、病気がちにもなって悪いことばかりが続いた。

家族とも些細なことで喧嘩が絶えず、自分でもどうしてこんな言葉を相手に言ってしまうのか、カッとしてしまうのか分からなくなってしまった。

ただある日何故か、あの石を勝手に持ち去ってしまったから山が怒っているのかもしれないと思い、一人で返しに行った。

すると、胸の中にここ最近ずっとあったイライラした気持ちが洗い流されたようにすっと消えた。

だが、一度崩れてしまった家族の仲は上手く修復出来ず、今その人は一人暮らしで骨折の予後もあまりよくなく色々と辛いことも多いと言っていた。

金華山ドライブウェイ（岐阜市）

岐阜城の佇む、金華山。町の人たちは、道に迷った時は、この山を見て方角を確かめるという。今回岐阜に取材に行った時も、他府県に出て戻ってきた時に、金華山を見ると故郷に帰ってきたという気持ちになる。金華山を毎日見ているので、あの山こそが故郷の風景ですと答える人たちに出会った。

だが、そんな地元の人々に愛される山は心霊スポットとしても有名だそうだ。

夜のドライブウェイをバイクや車で走っていると、叫び声や悲鳴が聞こえることや、ざっざっざっざっと誰もいないのに大勢の足音がすることがあると聞いた。

夜に敷地内の公園で写真を撮影すると、人でない何かが映り込んでしまう。所謂《いわゆる》心霊写真が撮影されることもあるらしく、過去の因縁とそれらが関係しているかどうかは不明だが、夜にドライブウェイを進むと腐臭と血の臭いを感じる人もいるそうなので、山がもしかしたら当時の合戦の様子を記憶しているのかもしれない。

鶯谷トンネル（岐阜市）

鶯谷《うぐいすだに》トンネルは、岐阜市街と市内東部を結ぶ金華山のトンネルで一九四七年に開通し、戦時中は防空壕として使われていた。こちらのトンネルの出入り口付近で、槍を持った男が蹲《うずくま》っている姿が目撃されている。

鶯谷トンネルの入り口には小さな祠《ほこら》があるが、いつ誰か何故建立《こんりゅう》したのか不明だそうだ。もしかしたらその侍の魂を祀っているのかも知れない。

岐阜城が関ヶ原の戦いののちに落ちた時に、城内では多くの武将が自決した。崇福寺《そうふくじ》本堂の天井には、岐阜城の床板が張られており、見上げれば今でも手形や、「鎖かたびら」や「鎧ひだたれ」に血痕がべったりと着いているのが確認出来る。

そういった武将の魂がトンネルの近くに今もなお彷徨《さまよ》っているのだろうか……？

後日、崇福寺本堂の血天井は、人によって血の量や形が違って見えることもあると知った。

加子母村のなめくじ（中津川市）

鎌倉時代の僧、文覚《もんがく》上人は若い事人妻である袈裟《けさ》御前に恋をした。許されぬ恋、しかし文覚の思いは止められず僧侶の身でありながら、寝ても覚めても思うのは人妻の御前のことばかりだった。

しかし、どういったわけか、狂わしいほど恋しく思っていた御前を文覚が誤って切り殺してしまった。

亡骸を前に、しばらく文覚は立ち尽くし、その後、人が変わったように修行に没入するようになった。

それから幾年もの月日が経ち、袈裟御前の霊が、悔い改めた上人を慕ってナメクジとなって「九万九千日」（旧暦七月九日）の日に墓に表れるようになった。

ナメクジの背中に刀傷のような線があるのは、上人が斬りつけた傷の名残だそうだ。

人に聞いた話によると子供の頃に「九万九千日」の宵の頃に上人の墓を見に行くと、びっしりと墓を埋め尽くすように覆われていたこともあったという。

今も多い年は、夜に百を超えるなめくじが墓の上をのろのろと這い上がっていることがあり、見て恐ろしさを感じたという人もいた。


しかし人妻の身の自分を勝手に好きになられただけでなく、切り殺された御前が不憫に思えて仕方がないのは私だけだろうか？　どうやって上人を彼女は許すことが出来たのだろう。しかも伝説では「誤って」殺したことになっているが、ナメクジの背の傷は何筋もある。もしかしたら、文覚は何度も背を斬りつけたのではないだろうか。

自分のものにならないのなら、いっそ……そんな気持ちがあったのではないだろうか。

墓石の上をなめくじを這う様子から生まれた伝説で、史実ではないのにそれは考えすぎだと言う方もいるだろうけれど、結構この手の話は実は元になったエピソードがあったりする。

それが上人と御前の二人だったかどうかは分からないが、何かこの近くであったかもしれない。

加子母村《かしもむら》の大杉地蔵尊の脇にある上人の墓に出現するナメクジをまつる「なめくじ祭

り」という奇祭が行われており、その日は各地から多くの人たちが墓を這うナメクジを見に村に訪れる。一度だけ見に行ったことがあるけれど、本当にのそのそと墓石を這うその姿は慕ってという気持ちなどでないのではと、そんなことを考えてしまった。

余談だが、海外には肉を食べる「幽霊ナメクジ」と呼ばれるナメクジが存在する。ニュージーランドのマオリ族のとある部族ではその「幽霊ナメクジ」が死者を守る精霊だという伝承があった。

あの女（岐阜市）

岐阜県立図書館に怪人が出るという。

その怪人は、赤い異様に長い爪、赤い耳飾り、真っ赤なマスク、赤いハンドバッグ等、赤い何かを身に着けていたという話が多い。

本棚の前で探し物をしていたり、机で読書をしていると気が付けば隣にいる。そして「ねえ」っと声をかけ、そちらを見ると顔に目が一つだったり、口のある部分に耳がついていたり、鼻のあるところに小さな顔がもう一つあったりするそうだ。

えっ!?　と驚いた途端にその怪人は消えるそうで、本書を取材中に同じパターンの話を十以上聞いた。一体これは何を意味するのだろうかと気になっている。

てるてる坊主（岐阜市）

鶯谷トンネルには色んな怪談が伝わっている。

夜歩くと、真後ろをつけてくる足音が聞こえるが振り返っても誰もいない。

深夜にドライブで行くとサイドミラーが真っ赤に染まって見えたり、野太い男の声で「事故れ、事故れよ」と言われたなど、本当に数が多い。

そんな鶯谷トンネル内で昔、首つり死体が発見された。

トンネルの地下ににあるU谷高校では、教室に一番に来た生徒がぶらんと下がった首吊り遺体を見ることがあり、人を呼びに行こうとすると「トンネルへ戻る……」とか「トンネルへかえる……」という声が聞こえて、見ると下がっていた遺体は消えているそうだ。

過去そのU谷高校に通っていたという方からこんな話を聞いた。

「母親が再婚した相手に連れ子がいたんで、年の離れた弟が出来たんです。ある日、家に帰って来たらそこに『てるてる坊主』って何もない空間を指さして言ったんです。そして『てるてる坊主ついてきた』って何度も繰り返し言っていて、その後ミニカーで遊び始めたんです。

元々何もないところを指さして、時々何か言うことがあったから、特に気にしなかったんですけれどね。

その晩テスト前だったんで遅くまで勉強していて、お腹が減ったんで夜食に何か食べようって、部屋から出たら、ドタンって重たい物が床に落ちる音が聞こえたんです。

何？　って見たら、天井から何かがぶら下がってるように暗がりに見えて、目を再度こらしてみたらぶらーんと首を吊った中年の見知らぬ男がそこにいたんです。

うわっ何？　誰⁇って再度見たら、首吊りの男がにやっと笑って消えたんです。

その時は変な幻覚見たなって思ったんですが、弟が『てるてる坊主』って言っていたのと同じ場所だなって気が付いたんです。

それから随分あとですが、三年前に無口な義父が首をくって死んだんです。

ちょうど、あの男が笑って見えた場所と同じ位置でした」

城の怪談（岐阜市）

木曽三川の一つ、長良川の南岸、標高三二九メートルの金華山《きんかざん》山頂に立つ岐阜城。三方を急な段壁に囲まれ、守りやすく攻め難い山城としても知られている。

岐阜城は旧名を稲葉山城といい、戦国時代には、司馬遼太郎の歴史小説『国盗り物語』の主人公である斎藤道三の居城でもあった。

岩山の上にそびえるこの城は、美濃攻略をねらう織田信長も攻略するのには苦戦したが一五六七年に攻め落として、城主となった。

信長は岐阜城を自分好みに改築した。一五六九年（永禄十二年）に京都のルイス・フロイスが送った書簡にも岐阜城についての様子が書かれている。

――此宮殿は、信長が二年前武力に寄りて占領したる当美濃国の主要なる城の建築、特に屏風の締金及び釘は皆、純金を用ひたり。(Historia de Iapam)

釘まで金を用いていたというその姿。信長は一体どんな城を作り上げたのだろう。実際、近年、金華山から金箔が付着した瓦が出土している。おそらく眩《まばゆ》いまでに輝く豪華絢爛な城だったに違いない。

信長は息子の信忠に家督を譲るまで、楽市楽座などをはじめとする斬新な政策によって城下は大変な賑わいを見せた。

さてそんな岐阜城が、かつて稲葉山城とも呼ばれて時代、斎藤道三に纏わるこんな話が伝わっている。斎藤道三は非情な切れ者であったことから「まむし」と仇名されていた。近代の研究では、下剋上は一代ではなく商人だった父親と二代によって成し遂げられたそうだ。そんな「まむし」として名を馳せていた道三だったが、一五五四年頃に美濃の国主の座を長男の義龍《よしたつ》に譲った頃から、何かが狂いはじめた。

義龍は道三の弟二人を殺害。居城の稲葉山城を追われた道三は、北西にある大桑城に移り、その後、親子同士で血みどろの合戦がはじまった。

安藤守就《あんどうもりなり》、稲葉一鉄《いなばいってつ》、氏家卜全《うじいえぼくぜん》、不破光治《ふわみつはる》、日根野弘就《ひねのひろなり》などが率いる約一万七千もの軍勢が味方した義龍に対し、道三のもとには約二千五百の家臣しか集らなかったという。

義龍と道三の反目しあった原因については、実子でなかったからという説や、道三のやり口に不満を持っていた等の説がある。

多勢に無勢の中、一五五六年の長良川の戦いで敗北した道三は、死の間際、義龍の陣に向かってこう叫んだそうだ。

「お前の五体は生きながら地獄へと落ちるだろう。稲葉山の城に入る者は誰一人生かしておかん」

そして、道三は首を刎ねられ、鼻も削がれた無惨な姿の最期だった。

道三亡き後、一五六七年に織田信長が稲葉山城を攻め、斎藤家は滅びた。

その後、岐阜城の城主についた信長だったが、本能寺の変で亡くなった。

信長を含む、信長の三男・信孝《のぶたか》、池田輝政《いけだてるまさ》、織田秀信《ひでのぶ》など、歴代の城主は短命に終わっている。

だからだろうか、岐阜城には幽霊が出ると噂があった。

岐阜城に出る幽霊は、道三に殺された長井氏や道三、義龍、信長の子供たちの幽霊が出て、そのたびに城内の人々は震え上がったという。

江戸時代になってからは、家康の娘婿・奥平信昌《おくだいらのぶまさ》が、そのせいか入城前から怯え、岐阜城を廃城にしてしまった。

今も夜に、城の付近を姿は見えないがガチャガチャと甲冑をつけた人が歩きまわるような音を耳にする人がいるそうだ。

道三の胴体は長良川付近に捨てられ、首は義龍の手に渡ったが、盗み出されて崇福寺に埋葬された。

息子に討たれた無念さからか、それとも「まむし」と呼ばれた男の執念ゆえだろうか。首と胴が別れ別れなことを恨むと言いながら、道三の亡魂が火の玉となって、塚の中から毎夜飛び出し、彷徨ったという伝説が残っている。

およし（郡上市）

長良川の支流・吉田川と小駄良川《こだらがわ》合流点近くに聳《そび》える八幡山山頂に築かれた郡上八幡城には、人柱伝説がある。

この城は、下剋上により大名となった遠藤盛数《えんどうもりかず》が、永禄二年（一五五九年）に造った砦が始まりだった。

盛数は新しい城には人柱を立てなければなるまいと何故か考え、家臣に、人柱にふさわしい穢れの無い娘を見つけるように命じた。

これを知った娘を持つ領民は大いに狼狽え、男装させて男として娘を生活させたり、蔵や穴の中に娘を隠す者、伝手で他国に娘を逃がす者、幼くても結婚させてしまうなどの対策を取ったらしい。この状況を見て心を痛めた「およし」という娘が「自分が人柱となるので、他の娘たちは助けてやって」と願い出た。

盛数もこれに同意したため、およしは山頂に埋められた。

生きたまま埋められた「およし」は体を龍に変え、火や水を守護する神となった。

城内にはそれを祀る「八ツ姫明神」が築かれた。

城には「およし塚」という塚もあり、こちらは城の改修時に人柱になったという話が伝わっている。「およし」という名前の女性が何名も人柱になったということなのだろうか？

郡上八幡城の城主は何度もは目まぐるしく代わったが、城内にあるおよしを祀った祠だけは、ずっと大事に祀られている。

今も八月三日は、およしを慰霊する「およし祭」の縁日おどりがあり、法要も行われている。

織田塚（岐阜市）

織田秀信と斎藤道三の合戦で、戦場となった上加納村《かみかのうむら》には、多くの将兵の無数の亡骸が横たわっていた。近隣の人々は遺体を葬り、その地に塚を築いた。織田勢の遺体が多かったからか、そこは「織田塚」と呼ばれるようになり、その後、塚を通りかかると夜に、地面から呻《うめ》き声や泣き声が聞こえるようになった。

地獄から這い上がってくるような声に、付近の人々は恐怖に震え上がり、どうにかしようと僧侶を呼んで回向《えこう》を行ってもらった。すると、声は聞こえなくなった。

塚は霞町《かすみちょう》にあり、今もこの塚の近くを通る時に、呻《うめ》き声が微かに聞こえることがあるそうだ。

そんな時は、心の内でも良いので念仏を唱えると静かになるという。

首塚（関ケ原町）

関ヶ原の合戦後、領主・竹中重門《たけなかしげかど》が、徳川家康公の命により床几場で首実検をし、その後東西の二ヶ所に首を埋葬した。

この首塚に埋められている戦死者の数は不明だが、関ヶ原の合戦では西軍・東軍を合わせて十五万人以上の兵がぶつかったといわれている。

この規模を考えると、多くの首がこの地に埋葬されたに違いない。

東首塚の方が、西首塚より規模が大きく、「首塚」と呼ばれているがＪＲ東海道本線の敷設の際に埋葬されていた白骨が大量に出たことや、一部の地元の人が「胴塚」とも呼んでいたので、戦死者の首以外の部分も埋められていたようだ。

関ヶ原の合戦で名を馳せた人物の一人、東軍の福島正則《ふくしままさのり》隊・大将の可児才蔵《かにさいぞう》は、討ち取った首の目印に、笹の葉を耳や鼻、口に挿《さ》していた。

才蔵が討ち取った首の数は十七。

これは一人の武将が一度の戦で討ち取った数としては、東軍の中では一番多かった。

その時の首の霊なのかどうかは不明だが、人間の首を花活けに見立てたように目や鼻に、笹が刺さった生首が「首塚」付近で浮かんでいることがある。

他にも、こんな話を聞いた。

当時討ち取られた首に化粧を施す首化粧という仕事があり、首化粧を施すのは主に、女だった。夫が討ち取った首を少しでも地位の高い者に見せて、より多く恩賞を得るために、化粧を施したのだそうだ。夫が持ち帰ってきた生首を洗い、髪の毛を整え、歯に筆で鉄漿《かね》を塗り、唇に紅を差し、薄化粧も施す。

身分の高い武士は、常に敵将に供せられることを覚悟し、戦場でこそ身だしなみに気を使っていたからだそうだ。

そのせいか、首塚の近くには白い目鼻立ちのない、女性が紅筆を持って生首を抱いて座しているお化けが出たという。

ただこの話を語ってくれた人が言うには、子供のしつけとして親が思いついた話かも知れないとのことだった。

だが、首塚周辺でぼんやりと白い何かを見たという目撃譚が今もある。

Y石駅の慰霊碑（下呂市）

Sという旅館にお勤めだったというXさんから聞いた話。

「一九四五年一月十日九時過ぎ、第四鉄橋から、JR高山本線の焼石《やけいし》駅を出た客車が川に転落し、死者四十五名の大事故となりました。

この事故で下呂温泉の地域の顔役を含む、地元の方が何名も亡くなったので町の色が急に白黒に塗り固められたように沈んでいたように覚えています。

太平洋戦争の最中でしたので報道もほとんどされず、事故原因も完全に解明されませんでした。なので、当時の事故を覚えているのは関係するご遺族ばかりかと存じます。

ちょうど事故を目撃されたという方の証言によりますと、進んでいた列車の二両目が脱線し、回転しながら益田川《ましたがわ》に落ちて行きました。三両目と四両目は国道に、ななめにもたれかかるようにぶら下がっていたそうです。

事故原因は当時の名古屋鉄道管理局によって調査されたのですが、原因は不明と公表されました。噂では線路の真ん中に落石と思わしき大きな岩があったというのですが、それを関係者が事故の後に持ち去っていってしまったとか。

近くにある慰霊碑に、毎年手を合わせに行くんですが、こう、小さなモンシロチョウくらいの大きさの青い火が見えることがあるんです。

犠牲者の中に小さなお子さんがいたそうなので、青い火はその子のものじゃないかなと私は思っています。

小さな可愛らしい火でね、本当に見ているだけで可哀そうになってくるんです。

あんまりにも小さかったから、自分が亡くなったこともよく理解出来ていないのかも知れません」

雨の日の太鼓（垂井町）

梅谷《うめたに》の地では、大雨になると太鼓の音が聞こえることがある。

昔、揖斐川《いびがわ》の呂久《ろく》の渡しの近くに盲目の男が一人、住んでいた。

ある晩、大雨が降って揖斐川の水嵩《みずかさ》が増して今にも堤を越えそうになっていた。

その時、川岸にいて水嵩の様子を気にしていた盲目の男は、太鼓を叩いて住人に避難するように伝えた。

どん、どん、どんどん、どんどんどん、どん――

雨は激しさを増し、滝のように男の全身を打ち付けたが、彼は負けぬよう太鼓を叩き続けた。

堤防が切れ、濁流が押し寄せても男は太鼓を叩き続け……そして川に飲まれてしまった。

後日見つかった遺体は、しっかりと両の手に太鼓の撥《ばち》を握りしめていたそうだ。

今でも大雨の日に太鼓の音が聞こえると「呂久の渡しの太鼓だ」という人がいる。

へんび石（某所）

蛇をね、石で打ってわざと殺すんです。出来るだけ残酷に。
そうすると蛇の怨念が石に宿るんです。そういう石を住んでいた場所では「へんび石」と呼んでいました。今なら呪物と呼ばれる物かも知れません。
そうして出来た「へんび石」を誰かの住んでる場所に置くと、その家、滅びるらしいんです。

この話をしてくれたKさんは、岐阜県にあるH村出身だそうだ。

H村には「へんび石」が祀られた場所があり、皆祟りを恐れて近寄ることすらしなかった。だが、ある日のこと漬物石ほどの大きさのあった「へんび石」が消えた。

自然に流れたり落ちたりするような場所には無かったので、誰かが持ち去ったのだろうということになったが、村の人たちはやっかいなものが消えてくれたといった感じで最初は口には出さなかったが、ほっとしていたらしい。

しかし、数年後「へんび石」が戻ってきた。しかも石には髪の毛がまばらにへばりついており、よくみるとそれはわざわざ糊《のり》で張り付けてあった。

しかも張り付けてあったのは、髪の毛だけではなかった。当時世間を騒がせた殺人事件の新聞記事もべったりと念入りに石にくっついていた。

集落の人は触れるのも嫌だと感じていた石なので、髪の毛も新聞記事もそのままにしておいた。目にするのも憂鬱な気持ちになるので「へんび石」のある場所に近寄る人はますます減った。

Kさんもその一人で石については見に行くことはなかったのだが、彼の集落でこんな噂を数年おきに聞くようになった。

「またへんび石が消えたらしい。誰かがどこかに持ち去ったようだ」

「へんび石がまた戻ってきた。前と同じように髪の毛と新聞紙が張り付いていたらしい。あの事件もしかしたらあの石が、何か犯人に影響したんじゃないだろうか」

事実かどうかは分からないし、噂は噂だ。ただ単に有名な事件にあやかって田舎者を余所者が揶揄《からか》ってこういうことをしているのかも知れない。

そんな風に少なくとも、Kさんは思うようにしていた。

しかしある晩、田んぼ脇の道を軽自動車を運転して通っている時にKさんは見てしまった。細い、すれ違いの難しいあぜ道だった。前を歩いている男がいたのでクラクションを鳴らしたが右にも左にも寄せる様子がない。しかも、服装や背格好を見ても誰かもわからない。小さい集落だ、外からやって来る人は滅多にいないし、近所の人は全員知っている。誰かの親戚だか知り合いだろうか。

窓を開けてKさんは「すいません、車通るんで」と声をかけようとして、ぎょっとした。

男が黒い赤ん坊を抱えていたからだ。

真っ黒で、腐っている赤ん坊を抱いている。目はうつろで口は開いていて、水あめのように口の端から涎が垂れている。

「わっ」警察に通報せねば、と思ってジーンズのポケットに入った携帯電話を取り出し近くにある電柱の番地を確認しようと窓から体を乗り出すと、男が持っていたのは赤ん坊ではなく「へんび石」だということが分かった。

石と赤ん坊を夜道とはいえ、自分は何故見間違えたんだろう。そんなことをKさんは考えながらも「へんび石」も負のイメージが大きいとはいえ村の共有物だ、これは窃盗になるのではと考え警察に電話をすることに決めた。

すると、男が急にすっと姿勢を正し「へんび石」を両手で抱えたまま凄い速さで、たたたたたたた……と真っすぐに続くあぜ道を駆けて立ち去ってしまった。

あれだけの大きさの石を抱えて一度も休まずあんな速度で走れるわけがない。しかもあの男、便所スリッパを両足に履いていた。

スニーカーでも舗装されていないあぜ道をあんな距離、走れない。

Kさんは自分が目撃した男は人ではないと思うことにした。

それ以来、Kさんは「へんび石」の話は村で聞いても気にしないことにした。

ちなみにKさんが目撃してから、噂によると一度も村に「へんび石」は戻ってきていないそうだ。

夜泣き松（高山市）

悲痛な泣き声のような音を出すという「夜泣き松」には大原騒動に纏わるこんな話が伝わっている。

大原騒動とは、江戸中期の幕府天領・飛騨全土を巻き込んだ百姓一揆で、当時、天領飛騨の代官だった大原彦四郎・亀五郎父子の姓に由来する。

幕府から任命された代官の大原氏が、税米《ぜいまい》をより多く取るための再検地を行う触れを出したところ、農民側から大きな反発が起こった。

理由は飛騨の土地は山合いの狭い田が多く、水害に見舞われることもしばしばあり再検地されてこれ以上多く税米を取られては、農民の暮らしが成り立たない状態だったからだ。大勢の村人たちが命がけで再検中止を訴えたが、捕らえられ厳しい取り調べを受けた。

それだけでなく、代官側は郡上藩の援兵を得て鉄砲を使用して鎮圧したので、撃たれて亡くなる者も多くいた。飛騨《ひだ》一宮《いちのみや》水無《みなし》神社の神官・森伊勢と山下和泉の二名等は、農民の頼みで再検地取りやめの祈祷を行ったために磔《はりつけ》、獄門の刑に処された。

万人河原で磔になった後、晒《さら》し首になった夫の姿を見た、水無神社の神官の妻は、女一人の夜道は危険なのを承知で、こっそり外に出た。そして、見張りの目を盗んで処刑場にあった夫の首をかます（藁むしろを二つ折りにし、縁を縫いとじた袋）に入れて、持ち帰った。

罪人として処刑されたために墓を建てることは出来なかったので、妻は夫の首を埋めた場所に目印として、二本の松の苗を植えた。

騒動は明和、安永、天明の三期の間二十年ほど続き、磔での死罪が二十三名、島流し十七名、入獄死十二名、追放十四名、過料は一万人以上という、他に類をみない大量の処罰者を出した。

その間、松の木はすくすくと育ち……夜になると不気味な音を発するようになった。

【低い声で誰かが泣くような音がする……】

誰が通りかかっても泣く声が聞こえたことから松はいつしか「夜泣き松」と呼ばれるようになった。

最初のうちは不気味がって人が近寄らなかった「夜泣き松」だが、神主の首を妻が盗み出して埋めた場所だと知られるようになると、皆が神主様の無念の気持ちがあの杉の木に宿ったのだと噂するようになった。

そして、役人に見つからないように闇夜に紛れてそっと手を合わせに来て、神主の御霊の平安と一揆の成功を願ったという。

その後、税米加増等の功績で、郡代に昇進した大原氏だったが、同年七月に妻が自害。翌年に眼疾により失明し、急病により倒れてあっけなく亡くなってしまった。

息子も島流しとなり、文書改ざんや年貢米の横領などに加担していた役人も処罰され、死罪や流罪となった。大きな犠牲を払ったが、最終的に勝利したのは一揆側だった。大原氏の裁きの結果を聞いて、飛騨では涙した者が多くいたそうだ。

高山市には大原騒動に纏わる史跡が幾つもある。

例えば「発願同死霊光塔」は、安永二年（一七七三年）十月二十四日未明、水無神社に集っていた農民たちの犠牲を慰霊する碑で、今も手を合わせる人が訪れている。

この碑に纏わるこんな話を聞いた。

「『発願同死霊光塔』に学校の社会科見学で訪れた後に、食欲が無かったのでお弁当を箸もつけずに家に帰るなり捨ててしまったんです。

するとその晩に枕からすすり泣きが聞こえたので、翌日もしかしたら食べ物を粗末にしたからかもと思って、学校を休んで再び碑に手を合わせに行きました。

そしたら、どっと急にどうしようもないほどの空腹に襲われて、ノートを千切って口に入れたり鉛筆をガジガジ齧《かじ》ってしまったんです。それくらい何でもいいから口に入れて噛んでいないと発狂するんじゃないかと思うほどの激しい空腹だったんで……」

あれは体験しないと分からない状態です……とその人は言ってから、「やはりこれも祟りでしょうか……」とつぶやいた。

見せ物小屋（某所）

岐阜は見せ物小屋の興行が盛んな土地で、神社の縁日などでよく見かけました。国内で、最後まで活動していた安田興行も岐阜の大垣《おおがき》市からスタートしたと聞いています。一番多く賑わっていた時は市内に二十近くの見せ物小屋一座があったとか。うす暗い小屋で、屋台や人通りの多い喧騒から並んで中に入ると異世界にふわっと迷い込んでしまったようで、あの瞬間が大好きでした。

今は色々と難しいのかも知れませんが、またどなたかが復活させて、興行をやってくれないかと願っていますね。

一度だけ忘れられない、見せ物小屋の体験があるんです。

秋祭りの頃で、小さな風が吹いたら飛んで行ってしまいそうな小さな小屋がかかっていて、中で腰がくの字に曲がった爺さんが、手品をしていました。

花びらが紙で作られた蝶になって飛んだり、ねずみがトランプ引いたりするような内容でしたね。それ以外はほとんど覚えていないのですが、小屋の裏に何故かずらっと赤色の風船が並んでいました。その横に大きな文字で「ろくろ首」と書かれていたので、そんな出し物もあるのかと思ってたらぬうっと、小屋の二階の窓から女性の顔が伸びて来たんです。

ろくろ首の日本髪に結った女の人の白首が、ずんずん伸びてぐるっと私の胴体に巻き付いた。そして、ぐうっと二メートルほど持ち上げられました。

ろくろ首の首に、産毛が生えていて、甘ったるさと酸っぱさの混ざる汗と化粧が混ざったにおいも感じて、上を見たら神社の木々の隙間から空が青く見えたんです。

その時一緒に来ていた親も不思議だ、不思議だと何度も言っていました。

あれは本当に何だったのでしょうねえ。

だからずっとねえ、見せ物小屋には本物がいる。本当にこの世のどこかにろくろ首がいると私は今も信じているんです。

小畑の千人塚（養老町）

飯田《いいだ》の小畑川《おばたがわ》に架かる小畑橋から堤防に沿って、東に進んだ場所にある、小畑千人塚は関ヶ原の合戦（一六〇〇年）で敗れた落武者が自決した地だと伝えられている。

松の根本は赤い池のように血で染まり、壮絶な光景だったそうだ。

昭和の頃に当時の物と思わしき、武将の兜《かぶと》や鎧、刀の一部が地面から見つかったこともあり、その時に血のような赤い体の蛇が現れたという話も聞いた。

松は平成十三年頃の台風で倒れてしまって今は残っていないが、かつて松のあった場所付近で、赤い火の玉が浮いていて、その真ん中に血ばしった目が二つ浮かんでいた。

今も、枝を折ると祟りに遭うといった噂もあり、雨の日に地面を踏むと茶色い雨水が血のように赤黒く見えることがあるそうだ。

実際、赤い双眸《そうぼう》の浮かんだ火の玉を見たと話してくれた益富さんは、数日間震えと寒さが止まらず、家の中にいるのにこのまま凍死するんじゃないかと本気で思ったそうだ。

食欲も無く、真夏なのに布団を被って震えていた益富さんだったが、急に何故か家の風呂に塩を入れて浸かろうと思った。

なので、震える手で布団を被ったまま湯を溜めて、家にあった食卓塩の袋を逆さまにしてどばっと全部入れた。

風呂釜が傷むかもという意識もあったが、ぐるぐると腕をつっこんで塩を湯に溶かし、被っていた布団を脱衣所に置いて、服のままざぶんと湯舟に浸かった。

足の裏に溶け切っていない塩のざらざらとした感触が不快だなと思いつつも、そのまま浸かりそれからしばらくしたら湯船から上がって、体も拭かずにそのまま脱衣所や廊下を進んで、昔祖母の使っていた部屋に行った。そして、部屋の仏壇に置いてあった数珠玉を両手でぶちぶちっと引きちぎったら、すっと憑き物が落ちたように体に温かさが戻ったそうだ。

益富さんは、当時の様子を振り返ると、まるで、自分が機械仕掛けの人形にでもなったような状態で、ただそうするように決められた動きをしたような感覚だったそうだ。

だが、今も時々夜に起きると、ぼうっと浮かび上がるあの目がついた火の玉を見てしまうと言っていた。

ポルターガイスト団地（富加町）

「岐阜怪談」の取材を始めて、最初に寄せられたのがこの「ポルターガイスト団地」の話だった。怪談は何故か集めていると、まるで話と話が呼び合っているように連鎖することがよくある。

　この記事は、ポスターガイスト団地に関する情報を提供いただいた六名の方々と、諸事情で現地取材に行けなかったので、代わりに行ってくれたYさんが集めてきた体験談や、そして「岐阜のポルターガイスト団地」の記事を書いた吉田悠軌さんへ行った取材記などを纏めたレポートだ。

「田辺さんは、岐阜県富《とみ》加《か》町《ちょう》の幽霊マンション騒動を知っていますか？」

　岐阜怪談の取材を始めた頃、こんな風に話しかけられたことが切っ掛けでこの事件を知った。

一九九九年、世紀末にこの騒動は起こった。当時私は学生だったのだが、こういうことが報道されていた記憶は全く無い。同年代の知り合いに聞いても覚えているのはWindowsがどうのこうのなって世界が終わるという噂があったとか、ノストラダムスの大預言で世界が滅亡するネタが沢山あって、自分も信じていただの、その手の話ばかりでこの事件を覚えている人はいなかった。自称「オカルト探偵」の吉田悠軌さんも同年代なのだが、当時ポルターガイスト団地で騒ぎがあったことを覚えていますか？　と聞いたら、記憶にないですねという返事だった。

しかし、九〇年代に東海地方に住んでいた友人に聞いたら全く反応は違った。

「覚えてるよ、御茶碗が変な形に割れたり、幽霊が出た団地の話でしょ。週刊誌でもテレビでも散々やってたじゃない。あれで幽霊信じるようになったし。え？　覚えてないの？　嘘！　家にテレビ無かったとか？」

この反応を聞いたあと色々と調べてみた結果、特に地方差はなく、知っている人は知ってるが、知らない人は全く知らない現象だったということが分かった。

当然といえば当然な結果かもしれないが、知っている人の共通点が幾つかあって、夜にバラエティやニュース番組を習慣として見ていた人が多かった。

そして、知っている人は事件の経緯や内容を驚くほど詳細に覚えていた。

当時の報道を覚えているという人から聞いた「ポルターガイスト現象」に関する情報を纏めてみた。

その① 恵口さんから聞いた話

二十〜三十年ぐらい昔の話です。確かTBSで、CBCのネット中継だったと思いますが、夕方六時ごろのニュース（今で言うストレートニュース）で、怪異が放送されていました。

放送時間は三十分番組の十分ぐらいの特集で、富加町の新築公営住宅で怪異現象が起きるので、テレビ局のスタッフが現地に入って生中継をやっていました。

特集全体は、前日のインタビューと録画ですが、同時進行で、ある住戸にカメラを設置して、リアルタイムで現象を撮っていたものが、その時に怪異として放送されてしまったのでインパクトありましたね。覚えている範囲でインタビュー録画の内容をお伝えします。

◆インタビュー録画の内容
1　階段の踊り場に白いワンピースの女性の姿
2　深夜にシャワーの音がして止めに行ったが、シャワーは出ていなかった。音も止まっていた。
3　リビングでくつろいでいたら、カーテンの裏を子供ぐらいの背の何が移動してカーテンが揺れた。
4　深夜にドライヤーが動き出して、急いで洗面所に行ってドライヤーを止めたが、ACコードが挿さっていなかった（住人とのインタビューとACコードが抜けているドライヤーの画像が映し出されていた）
5　ダイニングの棚から茶碗が水平に飛び出すポルターガイスト現象が起こった。住人が床に落ちた茶碗を見ると、直角のコの字形にスパッと切れたように欠損していた。故意にやっても瀬戸物がそんな風に切れないし、まして落ちて割れたらそうならない（住人とのインタビューと茶碗の欠損状態の画像）。
この録画を流している途中に、現地に入った取材クルーから怪異発生の報告がありました。玄関のドアを撮っているカメラに大音量で「ギーイイイッ、ドスン」というドアの開閉音。カメラに映るドアは閉じたままで、音だけが繰り返し鳴っていました。音は、古い西洋の城の大きな扉が、半ば錆びているのに動かしたような音でした。生放送中で、大騒ぎになっていたが、時間切れで番組が終わりました。

その② 吉永さんから聞いた話

「毎日新聞」「週刊朝日」「報道ステーション」等でも放送されていて、大きく知られた事件だと思います。お昼のワイドショーや夜のバラエティ番組でも紹介されていたような記憶があります。ローカル局だったかも知れません。

テレビを見ていたら、家の食器棚からパシッ！　パシッ！　と今までに聞いたことがない大きな音が鳴って、「うわあ！」って家族全員で飛び上がりました。

私が記憶している、団地に纏わる怪奇現象は以下のとおりです。

・老人の幽霊が出てくる。
・子供の霊が出てバイバイしたり、話しかけてくる。

・誰も触れていないのに蛇口の水が勝手に流れる。
・ノコギリで木を切る音が時間を問わず聞こえる。
・食器棚が勝手に開いて、御茶碗が飛び出して割れた。
・コップが数センチ浮く。
・ガスコンロの火が勝手に点火する。
・玄関のドアが開く音がした後、靴箱の中から靴が飛び出す。
・手を触れていないのに靴箱の扉がバコバコと開閉を繰り返す。
・深夜、複数のスリッパをはいたようなパタパタという足音が部屋の四方八方から聞こえてくる。

もしかしたら、これ以外にもあったかも知れません……。

その③　Nさんと朝倉さんから聞いた話

人口たった六千人ほどの町に、ポルターガイスト騒動の影響で一時期マスコミ関係者と野次馬が他府県から百名近く訪れていたこともあったそうです。

怪奇現象は主に四階の住人に集中していたようです。

夜、四階の階段に、黒い髪でグレーの服を着た見知らぬ女の人がいるのを目撃する、画びょうが壁から抜け落ちる、ベランダの花が異様に早く枯れる、カメラのシャッターがどうしても切れない場所があるなど、他に、幽霊が便所に立っていたっていう内容の記事を見たように覚えています。

そこで、騒動を聞きつけた霊能者や宗教団体が、毎日除霊や霊視に一日二、三人のペースで訪問してきたそうです。

ほとんどが無料でお祓いや除霊を提案していたらしいですが、中にはお守りを一つ一万円とか、除霊一件につき百万円と高額を要求した人もいたみたいです。

霊視した人や、霊能者の発言によると、ポルターガイストの原因は「自殺した女性の霊のせい」「水子の祟り」「織田信長の息子の祟り」「コレラで死んだ何千頭もの牛豚の霊によるもの」「刀鍛冶の霊とポルトガル宣教師の霊の怨念のせい」「関ヶ原の合戦で亡くなった亡霊のせい」などみんな言ってることが割とバラバラだったそうです。

新築のマンションなのに、どうしてあんなことがあったんでしょうね？
しかも今はそういった不思議なことは起こってないみたいですよ。

その④　大津里奈さんから聞いた話

個人的に私もあのポルターガイスト団地について、記事を調べたことがあるんで、お伝えします。

●四階に住む住人が遭遇した怪奇現象
・戸棚の扉が勝手に開き、茶碗や皿が飛び出した。
・夜、四階の階段に、黒い髪でグレーの服を着た見知らぬ女の人がいるのを目撃した。

●四階と三階に住む住人が遭遇した怪奇現象
・三階で一日おきに、夜九時過ぎになると、上の部屋で子供がトントン飛び回っているような音がしてたけれど、四階の主婦は『子供は寝ていて、音がするわけない』と反論していた。
・夜中に、上の部屋で子供が駆け回る音や、なにかテーブル見たいなものを引きずっているような音がした。
・翌朝、上の階の奥さんに『昨日の夜はにぎやかでしたね』というと、彼女は驚いて『今は怖くて、夜は別のところに泊まっている』と答えた。
窓のカーテンがひとりでに、四段階に分けて開いた。


他にも話題を送ってくれた方が複数いたが、内容の重複した部分が多かったので掲載をしないことにした。

それにしても、これだけの現象が一つの団地で起こるという報告には驚かされた。

こんなに怪奇現象が全国で大きく報道されたという例は、他に無いだろう。

気になったので取材に行こうとした矢先に、身内の葬儀や入院等が続いてしまったので仕方なく高校生の頃からの知人に代わりに取材をお願いした。

彼女の報告によると、昼と夕方の二回、アパートに出入りしていた住人に声をかけてみたが、全くそんな騒ぎは知らないし聞いたこともないと言われ、異常者を見るような反応をされてしまったということだった。

近年現地取材をしたという吉田悠軌さんに話を伺ってみたところ、当時を知る住人は今は住んでいないということだった。そして、近所の住人の中には覚えている者もいるけれど、連日連夜押し寄せていた報道陣の迷惑行為の影響もあって、当時のことをあまりいい記憶として覚えていないということだった。

現在と当時はコンプライアンスも違い、報道であるといえば色んなことが許されていた時代だった。夜中でも照らされるライト、怪奇現象を期待する野次馬の好奇な視線。新しく建てられたばかりの団地で平穏な暮らしを送るつもりだった住人達はどんな気持ちで日々を過ごしていたのだろう。

もしかしたら毎日のように起こる怪奇現象より、そちらが恐ろしいと思ったのではないだろうかとそんなことを考えた。

怪談を書く上で、情報を扱うのは注意しないといけない……そんなことを考えながら、今は何も起こっていない団地に思いを巡らせた。

とある運送会社の話（某所）

これは、うちの弟が勤めていた県内の運送会社の話になります。

岐阜って日本の本州の中心部だけあって、西からも東からもどちらからも荷物が通る場所なんで、流通の面で非常に重要な場所なんです。

運送会社にも色々ありまして、朝出てその日の夜には帰ってくる会社もあれば、会社から出たら一週間帰ってこられない長距離がメインのところもあります。

そんな中で、この会社は長距離寄りの会社でした。仕事内容は、ドライバーが決められた得意先をルート的に回って配送を行うのが中心でした。

ある日、職場の若い社員が、今までと違う得意先をルートで受け持つことになりました。

それを聞いた弟は「えっ!? ルート変わるの？」と驚きルートマップを確認しました。

地図のルートを確認すると、とある場所に赤い印が着いていました。

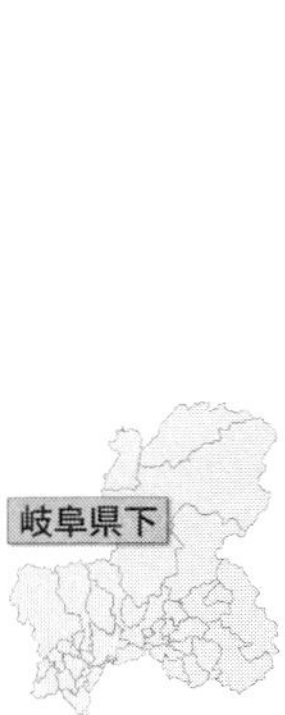

「おいこれ、岐阜のNが入ってるやん。知ってるのか？」

そう弟が話すと若い社員は「そんなん知ってますよ、俺は大丈夫です。そこには絶対停めませんから」と答えました。

「絶対停めませんよ」そう答えたのには理由がありました。

それはこの会社で言われている、裏の申し送り事項があったからです。

「岐阜県内のNにある深夜駐車場にトラックを停めて絶対に寝るな」

このNと呼ばれている施設はかなり大きくて、朝荷下ろしするトラックが深夜に到着する事も普通にあるため、とても大きな駐車スペースがありました。

弟が勤めている会社だけではなく、他の会社のトラックも深夜に到着してもここには停めない。

ここで関東や関西に到着する時に朝一指定の時に仮眠を取れば、時間調整が出来るし施設側も仮眠はしても構わないという姿勢なのに、どうして誰も停めないのか。

それは多くのドライバーがある体験をするからでした。

これは、その申し送り事項を知っていながらNに車を停めてしまったとあるドライバーの話です。

そのドライバーは、Nに着いた時、朝まで仮眠しようとエンジンを切り、後ろのベッド

に横になって寝ていました。どれくらい時間が経ったか分からないですが、カーテンを閉めて寝ていると、遠くの方から、
コツ、コツ、コツ、コツ……

という音が近づいてくるのが聞こえました。

その時ドライバーは『あっ、誰かが歩いてこっちに来てるな。大きな施設なんで夜廻の警備員が来たな』そう思ってベッドで寝たままでいると、
コツ、コツ、コツ……

だんだん音が大きくなりさらに近づいてきているのが分かりました。

コツ、コツ、コツ……

もう自分のトラックの前にいてドアの横まで来たのが分かったのですが、夜廻りでなく隣のトラックの人かなと思い、目を瞑《つむ》ったままその音を聞いていました。

コツ、コツ、コツ……音が離れて行きます。後ろの方へと歩いていき、コツ、コツ、コツ……遠くに離れたはずの音がまた近づき、コツ、コツ、コツ……再び運転席のドアまで来ました。

「ナンバープレートか、どこの会社が来たかのチェックかな？」

そう思っていたらコンコンと窓ガラスをノックされて、

「すみませーん。すみませーん」

と、若い女性の声がしました。

ドライバーは、『なんだ。女性の警備員さんか。珍しいな』そう思って目を開けたがあることに気づきました。それはドアをノックされた位置がどうもおかしいのです。

普通女性がトラックのドアをノックすると、大きなトラックの窓であれば手を伸ばしても下の方をノックされるはずです。

でも今ノックされた位置は、どう考えても上の方でした。まるで乗用車の窓を叩くような位置だったので、運転手は、

「これ人間じゃないぞ」

そう察した瞬間、恐怖を感じ、そのまま黙ってじっとカーテンを見ていました。

コツ、コツ、コツ……

また歩き出した音が聞こえ「あっ、向こうに行ったな」と、ほっとしたのもつかの間。

コツ、コツ、コツ……

また音が大きくなってきました。そして目の前にその音が来た時カーテンの上の隙間から微かに見える何かに気が付きました。

普通トラックの窓についたカーテンは隙間を空けず、上から光が入らないようにするの

ですが、古い物だったので結構隙間があったのです。

地上から三メートルぐらいの高さにあるその隙間から見えたのは、何か黒い物が上下しながらコツコツという音と一緒に動いている姿でした。

「人の頭だ……とんでもない大きさの女がトラックの周りを歩いている……」

それを理解した時、コツコツという音は運転席の隣で止まりました。

「なんだいるじゃない」

三メートルもある高さのカーテンの隙間から覗き込む女が言ったのです。

それからしばらく凍り付いたようにその場を動くことが出来ず、後で他社とも共通されているこの申し送り事項「Nに決して停めてはいけない」を知ったそうです。

もし、この内容を疑うようであれば岐阜県内の運送会社の方にNのことを聞いてみてください。ああ、あそこか……確かに停めるとね……というような反応が返ってきますよ。

写真

千里眼《せんりがん》ブームをご存じだろうか。

千里眼とは、遠くの物を見たり言い当てる超能力で、明治期に日本中で大変な話題となった。

元々千里眼とは、道教における神様の名前だ。千里眼は、元は悪鬼だったのだが、天妃に調伏され改心し、神となり海の女神「媽祖《まそ》」に順風耳と共に仕えることになった。千里眼はどんな遠くでも見ることが出来、まだ起きていない未来が分かる能力を有していた。

そんな神の有する能力に似た力を持つとされる人々がかつて、日本のあちこちにいたそうだ。その中でも一番名前が知られているのは「千里眼事件」の御船千鶴子《みふねちづこ》だろう。

千里眼事件とは、明治末期に岐阜県高山市出身の「催眠術の心理学的研究」で文学博士を取得した、福来友吉《ふくらいともきち》（一八六九〜一九五二）と御船千鶴子（一八八六〜一九一一）が行った実験を機に騒動となった事件だ。

福来友吉は東京帝国大学の心理学者で、当時、催眠状態の心理学研究を行っていた。そんな福来に、透視の出来る能力を有する女性、御船千鶴子の存在が耳に入り、超能力を科学的に証明すべく実験することになった。

実験の結果、世間の注目が集まったが誹謗中傷も相次ぎ、御船千鶴子は、そのことからショックで、服毒自殺をしたと言われている。福来友吉もスキャンダルにより、大学から追放となってしまった。

世界的なヒット作品となった『リング』『らせん』は、千里眼事件の登場人物から着想を得たのではないかと言われており、実際『リング』のキャラクターで貞子の母は、千里眼事件と同じように透視の研究を行っている。

岐阜は何故かこういった神秘主義の研究者を多く生んだ土地柄らしい。

さて、東京帝国大学を去った福来博士は熱が冷めることなく様々な人と共に、心霊研究に没頭した。そういった影響からか、当時の文壇では怪談が大流行していた。

福来博士が研究していたものの一つに「念写」がある。

一九一〇年十二月、福来友吉博士が透視の研究中に発見した超能力とされている。

念写は、X線を通さない、長方形の箱の中に印画紙をいれ、そこに念じて絵や風景を写し出す超能力だ。これらの実験についてはトリックではないかという人も多くおり、色んな意見があるが、それについてはここでは触れない。理由はというと、ズルいと言われるのも承知だが、様々な人の意見に揉まれると、心が疲れてしまうからだ。

だから、この本に載っている話全般がそうなのだが「こういう話を私が聞いた」という体で愉しんでもらいたい。実際取材は行っており、なるべく関係者とは直接会って話を聞くようにしている。だが事実かどうかは人それぞれの見解があると思う。そして博士の研究について知りたい方がいれば、幅広く色んな資料を読むことをお勧めする。

さて、そんな念写を得意としていたのが、御船千鶴子と共に福来博士によって発見された三田光一《みたこういち》だった。岐阜新聞社の主催で行われた一九三三年十一月十二日に写された「月の裏」の念写がよく知られている。インターネットで検索すると、その画像を今も見ることが出来る。

かなり大昔の話だそうだが、昔超能力ブームの時に高山市内で同じように「念写」が出来るという少年が住んでいたそうだ。念写だけでなく、失せ物を見つけたり、迷い犬や猫のいる場所を言い当てるなんてことも出来たらしい。

一部の人は彼を「超能力小僧」と呼んでいた。

そんな「超能力小僧」は頼まれると念写をしてみせてくれた。箱の入った黒い布の中に両手を入れて、念じると外国の景色や、時にはこの世でない風景……いわゆる天国のような場所さえも写し出して見せてくれた。

念写は必ずしも成功するわけではなく、真っ黒だったり真っ白で何も写っていないことも多かったそうだ。だがそれでも、フィルム代が必要だったからか、料金の請求があったという。幾らだったか知っていますか？　と聞いたが、私の祖母の思い出話なので……ということで、価格は不明だった。

そんな念写小僧の写真が、この話をしてくれた伊藤さんの家にあったそうだ。

なんでも、祖母が戦地にいる息子さんの姿を撮影して欲しいと念写小僧に頼み、三度目の念写で成功した一枚だったという。

他にも同様の願いをする人がいて、亡くなった人の姿の念写を頼んでいた。

伊藤さんは子供の頃に、二回ほどその念写の写真を見たが、セピア色の紙に言われてみればわかる程度のぼんやりとした煙のような人影しか写っているようにしか見えなかった。

しかし、祖母はハッキリと映っていると言っていたそうだ。年々成長して美しくなっていると言って、よく眺めていたが、横から見せてと頼むと嫌がられた。

祖母の息子は結局戦地からは帰ってこなかったので、よりその写真が大事に思えたのかも知れない。亡くなる時も封筒に入ったその写真を入れてくれと頼まれたので、棺に入れました。

伊藤さんはそう言い、念写小僧の写真は近所に数枚持っている人がいたと聞いた。

現在も持っている人がもしかしたらいるかも知れないと思っているので、その少年について何か知っている方がいたら遠慮なく私宛に連絡を寄こして欲しい。

喋る犬（高山市）

丹生川村（元・丹生川町）に以前住んでいたという方から聞いた話。

「母が子供の頃に喋る犬を見たと言っていて、確かカタカナで五文字くらいの名前がついていたように思います。〇〇ノイヌみたいな呼び方で、出会うと三つ不吉なことを言って、『えうえう』と奇妙な声を出して去って行くそうです。

祖母も見たことがあるそうで、祖父の病や、長男の事故、台風で家が持ってかれることなんかを予言されたそうです。

そして、喋る犬に告げられたことを誰にも言わないでいると、三つのうちの一つだけ回避出来るそうなんです。

祖母は姉と妹も姪もその〇〇ノイヌを見て、三つの預言を告げられてその通りになったけれど、誰にも〇〇ノイヌに告げられたことを言わなかった義妹だけが三つのうち一つの

災いが起こらなかったんです。

そして、私も小さい頃にこの話を親類から聞かされて知っていたんですが、よく内容を理解していなかったこともあって、母に○○ノイヌから聞いた話をしてしまったんです。

今でも夢に見るほど、その時の母の青ざめた顔が忘れられないでいます。

しかも、母は私が中学の時に亡くなってしまったんですが、○○ノイヌに言われたことを忘れてしまったんです。多分、母の表情から推測するに三つのうち一つは母の死に関する予言を聞いたんじゃないかなと思うんですが、残り二つが全く分からないんです。

どうやって思い出そうとしても、思い出せないんです。それとこの話を聞いて気が付かれたと思うんですが、どうも○○ノイヌに出会うのは女性だけみたいなんです。一昨年娘が生まれたんですが、この子もいつか見てしまうんじゃないかって不安なんですよ。そして、どうしてうちの家系の女性ばかり、そんなほぼ回避不可能な嫌なことばかりを告げる喋る犬に出会ってしまうんだろうって、誰か教えて欲しいんですよ」

「岐阜怪談」の取材中、偶然なのか喋る犬に纏わる話を他にも幾つか聞いた。

それは、犬が歌う、犬が亡くなる間際に人の言葉で別れの言葉を告げる、外に出ようとしたところを犬が急に喋って「やめておけ」と言われて出かけるのを止めて難を逃れた話といった内容だった。

この○○ノイヌの話を怪談会で話したところ、それって犬の姿をした別のもっと悪質な何かじゃないですか？　という意見があった。

坊主落としの谷（本巣市）

ネット配信を行っている時に、視聴者の方からこんな話を聞いた。

水戸浪士の武田《たけだ》耕雲斎《こううんさい》率いる天狗党三百名が宿泊したことでも知られる、本巣市金原《きんばら》の圓勝寺《えんしょうじ》の近くに「幽霊川」や「坊主谷」と呼ばれる地名があります。

圓勝寺の法師・善勝は浄土真宗本願寺勢力と織田信長との戦い「石山合戦」に参加していました。

合戦で活躍する善勝法師の殺害を信長は家臣の根尾右京亮《ねおうきょうのすけ》に命じたことから、善勝は追われることになり、三ノ段（旧根尾村長嶺）の辺りに身を潜めていました。しかし、山深い土地でも相手の執念が深かったようで、見つかって首を刎ねられてしまいました。

根尾右京亮は、善勝法師の首を持って信長の居る岐阜城に向かいましたが、日当《ひなた》に差し掛かった時に本能寺の変で信長が亡くなったことを知りました。

その日が六月十三日で、本能寺の変が起ったのは六月二日のことでした。ならばこの坊主の首は用済みだと、右京之介は日当の山から川へ、首を投げ捨てました。そのことからこの辺りを「坊主落とし」と名付け、首だけの法師の幽霊がたびたび出ることから「幽霊川」と人が呼ぶようになったそうです。

お寺に参った帰り、笑う坊主の首を子供の頃に見ました。こういう伝承があの近くにあるなんて知らなかったのに、何故か見てしまったんです。どんな笑みかというと、映画『バットマン』のジャック・ニコルソンが演じていたジョーカーの笑み……あれが一番近かったですね。

口裂け女（某各所）

口裂け女とは、一九七八年十二月ごろから発生し、一九七九年の春ごろから夏ごろに日本中で大流行した都市伝説だ。

一番古い国内で確認出来る「口裂け女」に纏わる記事は一九七九年一月二十六日の『岐阜日日新聞』だそうなのだが、オカルト探偵の吉田悠軌さんによると、岐阜では一九七五年（昭和五〇年）からすでに広まっていたのではないかということだった。

一九七七年（昭和五二年）の十一月には、全国に先駆けて『星空ワイド今夜もシャララ』（CBCラジオ）で紹介されていたのではないかというのだ。

この辺りの資料を私は調べ切れていないので、分からない。ただ、吉田悠軌さんは個人的に執念の人だと思っているので、彼が調べた結果なら間違いないと思っている。

「口裂け女」を含む、女性の怪人伝説に興味を持った方は、吉田悠軌さんの晶文社の『現代怪談考』やワンパブリッシングの『教養としての最恐怪談　古事記からTikTokま

で』をお勧めしたい。

私は八〇年代に小学生時代を過ごしたが、その頃でも「口裂け女」は話題になっていたので、かなり息の長い都市伝説だと思う。

「口裂け女」の噂は、口元を完全に隠す大きな白いマスクをした、赤いコートを着たスレンダーな長身の女性が、一人で下校中の子供に「私、綺麗？」と訊ねてくる。「きれいです」と答えると「……これでも？」と言いながらマスクを外す。するとその口は耳元まで大きく裂けていたという内容だ。質問に対して「きれいじゃない」「ブス」「ふつう」「どっちでもない」と答えるといきなり、ナイフや包丁、時には鎌を振り上げて襲われて斬りつけられる。もしくは、刃物で脅しながら小学生を追いかけて来るそうだ。

その時、口裂け女の大好物のべっこう飴を投げつけると、舐めるのに夢中になって追うのや襲うのを止めるそうで、もしべっこう飴をもっていなくても「ポマード」と三回唱えると「恐ろしい」と言って逃げて行くという。

口裂け女が「ポマード」という言葉を恐ろしいと思う理由は、色んなパターンがあるらしい。私が小学生の時に聞いた、口裂け女がポマードが苦手な理由はこんな内容だった。

——元々スタイルがよく芸能界に憧れていた女性がいた。だが、顔が地味なせいか、色んな役柄のオーディションに落ち続けていた。他に落選の理由があったのかも知れないが、少なくとも彼女は自分の顔がもっと華やかだったなら、合格するに違いないと思い込み、整形手術を受けることにした。某有名女優やモデルも通うと噂の美容整形外科に行くと、ハンサムなポマードで髪をオールバックにがっちりと固めた若い医師が出てきて、自分に任せれば全て問題ないと語ったので、彼女はますますその気になった。

そして、長年貯めていた全てのお金を使って整形手術を受けた。

医師は手術当日もポマードでがっちり髪の毛を固めていて、手術室の中でその臭いで酔いそうなほどだった。

麻酔から目を覚まして、看護師に勧められて鏡を見ると、包帯でぐるぐる巻きのミイラのような状態の素顔があった。包帯が取れたら絶世の美女になれますとポマードの臭いが相変わらずキツイ医師に言われ、彼女は有頂天になった。しかし、包帯を取った日に彼女は絶望する。

鏡に映っていたのは、怪物のように口が裂けた自分の素顔だったからだ。

整形手術は誰が見ても明らかに失敗だった。だが病院側は責任を取らず、お金も返ってこなかった。そこには正気を失った口の裂けた女性の姿だけが残された。

彼女はその日から、道行く人に自分が美人かどうかを問いかけて襲うことを繰り返した。

だけど、ポマードの臭いを嗅いだり、ポマードという言葉を聞くとあの病室や医師のことを思い出して恐ろしくなって、人を襲うどころではなくなってしまった。

だから口裂け女に襲われたら「ポマード」と唱えるだけで、逃げていくそうだ。


関西ローカルで「○○整形」という不気味なコマーシャルが当時よく流れていた。

そのコマーシャルでは、病院の位置情報を示す言葉「泉の広場西」という単語が字幕で表示された後「○○整形」というエコーのかかったボイスが流れ、あれは口裂け女に関係のあるメッセージなんだよという噂を聞いた記憶がある。

泉の広場は大阪の梅田で知られる待ち合わせスポットで、そこにも赤い女という口裂け女に似た怪人の噂がある。もしかしたら、大阪の口裂け女伝承は岐阜から伝わり、梅田の泉の広場の伝説と合わさって変異し、広がっていったのかも知れない。

「岐阜怪談」なので、岐阜県内で聞いた「口裂け女」に纏わる話を紹介しよう。

やはり伝説を産んだ土地だからか、かなり幅広い年代の人から聞くことが出来た。

富田恵麻さん（四十五歳）

いつ聞いたか、分からないというか覚えていないんですが、多分小学生の頃だったかなあ？　トンネルに口裂け女が住んでいるって噂になっていました。

赤いボロボロのドレスにハイヒールに、麦わら帽子姿で子供を見ると襲ってくるって話でしたね。でも冬に凍死したとかで、やがて聞かなくなりました。実際にそういう人がトンネルに住んでいたのかも知れません。

近くの病院から抜け出した人だとか、誘拐されて長年監禁されているうちにおかしくなってしまった子があの場所に捨てられて、口裂け女になったなんて噂もありましたね。

Fさん（五十三歳）

所謂メディアで話題になるような大きな白いマスクして、長い黒髪の人っていうイメージがあるけど、聞いたのは背の低い女性で目の前で大きな断ち切りばさみでザキザキと口を切り開いた女がいるっていうのでした。

本当にそういう人がいて、変質者かも知れないから気をつけろって感じでしたよ。

学校の先生から朝礼で注意するようにと、全校生徒に呼びかけもありました。

太田将宣さん（七十歳）

子供がそういう話をしていて、もしかしたら会ったかもなんて言っていた記憶がありま す。口が裂けているからどうだって、正直思うんですけど、近所の子がうちに遊びに来た時に、さっき会ったかも知れん、「危なかった、鎌を持ったマスク姿の女がいた」と慌てていたことがあったので、あれはそういうフリというか真似をした不届き者がいたんじゃないですか？

カフカさん（三十七歳）

家に帰ってきたら台所に口裂け女が立っている。そんな話を聞いたことがあります。私、かぎっ子だったんで本気でこの噂が怖かったんです。

子供を事故で亡くしたお母さんが、正気を亡くしてあんな姿になってしまったらしいですよ。口の怪我も子供を庇《かば》った時に出来たそうです。

長井さん（二十九歳）

「夜道を歩いていると口裂け女に襲われる」って話は僕の頃もありましたよ。プールとか塾帰りに会ったら嫌だなと思って、家まで走って帰ってました。

飯塚涼香さん（三十四歳）

旧国鉄の廃線・愛岐《あいぎ》トンネル群って知ってます？　十キロの範囲に十三本のトンネルがあるんです。

その中の一つ、13号トンネルが心霊スポットとして有名で、そこが岐阜県の口裂け女伝説発祥の地だって聞いたことがありますね。

近くにある病院に入院していた女性患者が窓からカーテンを繋げてロープみたいにして、伝って逃げたけれど、町に戻ったらまた病院に連れ戻されると思ってトンネルで自給自足の生活を始めたそうです。

連れ戻されることがないように、そこのトンネルに近づく人をその人は刃物で驚かしていたんですが、ヤンキーが驚かされた復讐で、その人の口をカッターナイフで切ったんです。そしたら、傷口が膿んで酷い形相になってしまったそうです。本当にあった出来事だし見た人がいたって、今から三十年だか四十年ほど前ですが聞きましたね。

河口智晴さん（年齢不詳）

一九七九年の六月に『週刊朝日』で記事が紹介された記事が一番最初だそうですよ。昔、その記事を探して読んだこともあります。

確か、岐阜県本巣郡真正町《しんせいちょう》で、農家のおばあさんが離れのトイレに行ったとき、庭の隅に口が耳まで裂けた女が立っているのを見て、腰を抜かしたという内容だったと思いますよ。

野澤祥さん（三十二歳）

鶯谷トンネルで亡くなった女性の幽霊が口裂け女だって聞きました。むしろそれ以外の説ってあったの？　って感じです。テレビやマスコミで今のイメージが出来上がったんでしょうね。七〇年代に僕が聞いた話をしますね。

戦時中、まだ工事途中だった鶯谷トンネルは防空壕として使われていたらしいんです。このトンネルの入口では爆撃によって命を落とした人が沢山いて、だから、トンネル入り口には祠らしきものが建てられているんです。爆撃によって、トンネルの中を真正面から爆風が突き抜けて、避難していた人達は吹っ飛ばされて亡くなりました。

トンネル内に居た人々は工場で働いていた若い女性が多かったらしいんですよね。そりゃそうですよね、若い男は当時戦場にいますよね。

トンネルで亡くなった女性の遺体は、口がパックリと裂けて見つかったものが多かったそうで、防空壕に利用されていた下り側のトンネル内で口の裂けた女の幽霊が出るってドライバーの間で話題になった……っていう、これが僕が聞いた口裂け女の伝説です。

細川晃代さん（年齢不詳）

大垣市で座敷牢に閉じ込められていた女性がスプーンで畳の下だか、壁だかを掘って脱走したのが口裂け女だって聞きました。

精神に異常を来たしているために口紅を顔の下半分に塗りたくっていて、それが口が裂けたように見えたとか。実は名家の令嬢だったんだけれど、嫌な人との結婚を押し付けられたので抵抗のためにおかしくなったフリをしていたら、座敷牢に閉じ込められて本当に狂ってしまった。で、見合いの席に着ていったワンピースとハイヒール、そして無茶苦茶な口紅を塗りたくった化粧で、幸せそうなカップルを襲うなんて噂もありましたね。

自由恋愛が広がってきた頃だから、そんな噂も出るのかななんて当時、思っていました。

七〇年代頃はまだ見合いが主流でしたが、それでも家のためにとか令嬢とかはドラマの中の話みたいで、都市伝説というより古臭いレディコミの話みたいって感じてました。

森口今日華さん（三十九歳）

鏡島《かがみしま》大橋に橋の下に『私は整形に失敗して、こんな口になってしまいました』って張り紙があって、その張り紙を見ていると後ろに口裂け女が立っているって話を聞きました。

　本当に張り紙あったみたいです。私は怖くって見に行けなかったですけど、同じ学校で実際にあるかどうか確かめに行ったよって子が何人もいました。

　中には口裂け女に実際に出会ってしまった子もいて、腕にできた追いかけられて鎌で切られた傷っていうのを見せびらかせていたりしましたね。

　私もその傷は見ました。猫のひっかき傷みたいでしたけどね。

　そういえば岐阜県内ではツメタテっていう憑き物の話があるんです。ツメタテに取り憑かれると体のどこかに獣に引っかかれたような三本の筋の傷が出来るそうですよ。憑かれたら、口に塩水を含んでお経を心の中で逆から唱えると、憑いた獣が出てくそうです。

　何もしないと憑いた獣が悪さをして、病気がちになるそうです。

　口裂け女の噂は何度も復活しては消えるってイメージですね。凄く噂になっているなって思ったらパタっと誰も話題にしなくなって、また話題が出て……って繰り返しな感じがするんです。

匿名希望さん（年齢不詳）

県内の鏡島町の派出所に子供が「口裂け女に追われてる」って飛び込んできたのが噂の

最初とか聞いたことありますね。しかも一人二人じゃなくって、そんなことが頻繁にあったもんだから、集団登下校が行われてました。

八百津に、鎌を持った見るからにイカレタ女が出て「ねえ、口裂いていい？ 鎌で裂いていい？」と言いながら追いかけてくるって噂もあったって時期は覚えてないですが、聞きましたよ。

Sさん（年齢不詳）

「小学生の頃に、通学路の途中にある竹やぶに不審者が出る噂があって、それが白いロングコートとマスクをした女の人だったんです。そして、私その人に会ったことあるんですよ。会った時は、凄くびっくりしちゃって、固まっていたんです。

小学生からすると、見知らぬ大人ってかなり怖いじゃないですか。

で、固まったままの私の前で、その人なんにも喋らずにマスクを触っていたんです。

そしてしばらくしてから、凄くゆっくりとした動作でマスクを外そうとしました。

そしたら急にカラスかなんかがギャアギャア鳴きだして、このままだと何か凄く怖いことが起こりそうな予感がしたんで、走って逃げたんです。

すると後ろから、女の奇声が聞こえて、キィイイイイイイ!!!!!!!!ってそれがだんだん低いおっさんみたいな声に変わっていったんです。この話を家に戻ってから、私はすぐに親に伝えました。

本気の怯えように、嘘や冗談で話しているんじゃないっていうのが伝わったのか、親が毎日送り迎えしてくれるようになったんですが、一週間しないうちに竹の花ってのがバーッて一斉に咲いたあと、竹やぶの竹が枯れて全滅したんです。

それから不審者の噂は一切聞かなくなりました。学校では口裂け女の色違いみたいな感じで有名でしたね。

Aさん（五十二歳）

口裂け女は山に住んでいて、都会に何かの理由があって住めなくなった人だと聞きました。綺麗な女性だったそうです。女優みたいなお嬢さんらしいよって噂もありましたね。学校で、実際に見たって子もいました。

誰かが世話しているらしいよとか、ヤクザに監禁されていた女性だとか、騙されて売られた子だの、誘拐された子供が大きくなって逃げているとか変に具体的な設定がついていた気がします。

その人が山で隠れている間に、暴漢に襲われてしまい、気が触れて二度と誰にも襲われたりしない顔になろうってことで、鋏《はさみ》を使って自分で自分の口を切り裂いたって聞いて、残酷でもしかしたら本当にそういう人がいたら、辛くって仕方ないだろうな、可哀そうだなって思って、未だによく覚えています。

あの、この話、子供の噂にしては思い返すと変に具体的過ぎるって感じません？

本当にいた方なんでしょうか？　それともただの噂だったんでしょうか。

口裂け女って、どういう人なのか噂でもいいのでご存じでしたら教えてくれませんか？

他にも様々なパターンの「口裂け女」に関する伝説を聞いた。

五十名以上の方に話を聞いて、口裂け女を知らないと答えたのは一名だけだった。

おぐら堀（関ケ原町）

今須《います》の堀畑に、おぐら堀と呼ばれる堀があった。

そこは、関ケ原の合戦の落ち武者が捕らえられ首を斬られた場所だそうで、掘りの水で首が洗われたので血の臭いがよく漂っていたという。

胴体は下明山の辺りに埋まられたそうで、近隣の住人はこの地を忌み嫌った。

ここで転んでけがをすると、一生治らぬといわれ、安易に近づいてはならぬ場所として長く知られていたが、詳細な場所は現在は不明となっている。

だが、今も傷がなかなか治らない時は、気が付かぬうちにおぐら堀で負った傷かも知れないそうだ。

そういう傷は見た目は癒えても痛みは残り続けてしまう。幽霊の寿命が百年だの五百年だのいう人もいるが、土地に宿った怨念はそうやすやすと消えないのだろう。

平井の蛇石（関ケ原町）

今須の金山の近く、今須川の中に「蛇石」と呼ばれる石がある。

石は元はこの淵に住んでいた大きな蛇で、通行人や村人を呑んでは、毒気を吐いて大勢を苦しめていた。倭建命が伊吹山の荒神退治からの帰路、ここを通りかかった時に、大蛇が川から現れ、呑みこもうとしたが剣で退治された。

その死骸が石になったのが「蛇石」だそうだ。

今はそれらしいものは見えないが、昔は光に当たると鱗に似た模様が石に浮き出て見えることがあり、今にも生きた蛇に戻りそうに見えて側を通る人がヒヤヒヤすることがあったらしい。

蛇首塚（岐阜市）

日野の舟伏山《ふなぶせやま》の山頂に蛇首塚がある。

雨を降らせてほしい時には、この塚に祈ると良いそうだ。

この塚にはこんな話が伝わっている。


日野の堂後に住んでいた、半六《よんろく》という名の青年が夏の日に、鎌で草刈をしていると、一匹の蛇が急に出てきた。

あっと思った時にはもう遅く、鎌で首を草と共に切り取ってしまっていた。

ぽたぽたと蛇の体から血が落ちるのを見て恐ろしくなった半六は家に戻り、夜になるとざあっと雨が降り始めた。雨は何日も降りやまず、これは祟りではないかと思った半六は、村の人々と共に草むらの中に横たわっていた首を探して見つけ出し、船伏山頂に祀った。

すると、村を押し流すのではと心配するほど降り続いた雨は止み、夜に村人の夢枕に龍が現れた。

「私は、実は天から舞い降りた竜神で、長良川で水を飲みに下りてきていたところを首を刈られてしまった。丁寧に山に祀ってくれたので祟りはしない。雨が欲しい時は、いつでも頼みに来るがよい」

龍はそう語って消えたそうだ。

蛇首塚は心霊スポットだと聞いていたので、行ってみたが地名の恐ろしい字体から恐らくそう感じた人が作り出した噂のようで、地元ではそこで幽霊を見たというような話は聞けなかった。

ただ塚に何か粗相《そそう》をすると、大雨が降ると今も伝えられているということだった。

トーシボーズ（某所）

トーシボーズ、トーシボーズと声が聞こえたら何を置いても一目さんに逃げねばならぬ。

トーシボーズもしくは、トウシンボウズは水害で亡くなった水死体のことだ。

泥にうずもれ、腐ったトーシボーズは近くを通った者をよく祟るという。

遺体はなくても、かちてトーシボーズが見つかった場所に現れることもある。

出会ってしまったり、声を聞いた時に、酒や茶を供えるか、泥にぎれ、泥にぎれと言いながら走れば祟られない。

その理由は不明だが、祟られた者は三月と持たないそうでしかも家族や親しい者もよく、引っ張られてしまうという。

首の回る家（某所）

●●市にあるEマンションの三階の角部屋は、人を泊めると不思議なことが起こるのだそうだ。

それは、泊まった人の大半が、夜中に家主の生首が壁やカーテンの隙間に浮かんでくるくると回る姿を見るのだそうだ。見た人が驚いたり声を上げると、くるくると盆灯篭《ぼんとうろう》のように回り続ける生首は消える。

家主の夫婦は、泊まりに来る人が皆からかうために口裏を合わせているんだろうと最初は思っていたそうだが、子供が生まれ、田舎から手伝いに来た親や親族までもが同じものを見ると言い出したので気味が悪くなって引っ越したそうだ。その後に同じ場所に入ったのは、前に住んでいた夫婦の親戚だった。

親戚の夫婦は誰かをマンションに招いたりすることは無かったので、平気だったらしい。

だが、この話を知り合いにして、興味を持ったもの好きな同僚が無理やり泊まりに来た。

そして、夜中に夫婦二人の生首が「あはははははは」と笑いながら天井付近でくるくると回る様子を見たのだそうだ。

この話をしてくれたのは最初に住んでいた夫婦の友人で、はっきりとこの目で見ましたと何度も熱を入れた口調で繰り返していた。

何故、そこのマンションで家主の回る生首が夜に現れるのかは分からない。

つちのこ（東白川村、他）

岐阜は国内でもしかしたら日本で一番「つちのこ」の目撃が多い土地かも知れない。「つちのこ」（槌の子）は、日本に生息すると言い伝えられている未確認動物（UMA）だ。藁を叩いて柔らかくする、農具の横槌に似た形態で、胴が太いヘビと形容される。

本書の取材中、何度も「つちのこ」を見たという人に出会った。

だが、あまり詳しく話したくないという雰囲気を話し手から感じることも多かった。

その理由はというと「つちのこ」（ノヅチ）は、神の使い、もしくは神様の眷属だから、うかつにその姿を語ってしまっていいのだろうかと思ってしまうと語る人もいた。

他にも思い違いかも知れない。過去に回りの人に話したら笑われてしまったので、ということで話すことに抵抗を感じている人もいた。

そして取材中何度もこんなことを聞かれた。

「東白川村《ひがししらかわむら》には行きましたか？」

岐阜県内の人にとってはどうやら、つちのこ＝東白川村らしい。

なので、有給を取って私は東白川村に向かった。

あまりこういうことを言いたくないけれど、基本ご当地怪談シリーズは毎回大赤字だ。取材費は全額自腹で、行っても怪談の取材が出来る保障はどこにもない。

なら何故やるの？　と言われるかも知れない。それは好きだから、楽しいからとしか答えようがない。小説家って儲かるんでしょう？　みたいな質問を年に数回してくる人が何故か現れるが、少なくとも私の場合小説（ご当地怪談）を書かない方が、手元にお金は残るだろう。

でも大抵の趣味がそうであるように、好きというエネルギーは凄まじい。

魚屋で魚を買った方が安上がりなのに、どうして釣りに行くんですか？　と釣り人に尋ねるようなものだろうか。と、話題が逸れた。

明治十七年（一八八四）刊行の『飛州志』にもノヅチと記載があり、これは「つちのこ」のことだそうだ。

東白川村では毎年幻の生物「つちのこ」を本気で探す村を挙げての一大イベント『つちのこフェスタ』が毎年五月三日に開催されている。

つちのこ捕獲懸賞金も掛けられており、現在はキャリーオーバー中で百三十二万円となっている。「つちのこ」に懸賞金を掛けている自治体は他にもあるので珍しくないけれど、ゆるキャラのつっちー&のこりんを使ったアピールやグッズ展開、そして大規模な捜索イベントや、つちのこ館（つちのこ資料館）まであるのは岐阜県の東白川村くらいだろう。

つちのこ館は資料ゾーン・映像ゾーン・展示ゾーンがあり、全国の「つちのこ」に関する情報をたっぷりここで視聴することが出来る。

東白川村はなんでも、「つちのこ」を目撃した情報が県内一、いや日本一多い場所だそうだ。

館内では「つちのこ」の形をしたつちのこパンや、つちのこグッズも購入可能だ。

そして、なんと岐阜県の飛騨縄文遺跡からは、「つちのこ」に酷似する蛇型の石器が出土したらしい。縄文時代からいたのか、つちのこ!?

館内を出た後、地元の方に「つちのこ」を見たことあります？　と早速聞いてみた。

せめて交通費分くらいの話は採取したかったからだ。

最初に出会った人は、奥美濃の槍ヶ尖山付近で見た人がいるらしいと言い、急いでいるのでと、そこで会話を切り上げられてしまった。

次に子供を連れた若い夫婦に声をかけてみると、「つちのこ」探しを何度もしたことがあるけれど影すら見たことがない。でも、美濃市の農道で、二メートルを超えるつちのこを複数の人が見かけたらしいですよという話を聞けた。

それ以外にも東白川村では、「つちのこ」を「のづち」や「つちへんび」と呼んで、蛇神様の使いと思い、迂闊に見たり話すと怪我をするという言い伝えがあった話も聞けた。

それらしき姿のものを見て、あと少しで網で捕まえられるところだったと語ってくれた人もいたので、村のどこかに今も潜んでいるのかも知れない。


知り合いのライトノベル作家の峰岸ひろかずさんは、かつて「つちのこ」捕獲セットを装備して、懸賞金を求めて「つちのこ」ハンティングに向かったことがあるらしい。

だが、残念なことに「つちのこ」は現れてすらくれず、捕獲はならなかったそうだ。

来年の五月に「つちのこ」を探してみようかなと今、企んでいる。生け捕りにすれば賞金で、しばらく取材費用を気にせずに怪談蒐集に専念できるからだ。

平家ドチ（下呂市）

これは、下呂で出会ったOさんから聞いた話だ。

萩原の名前を示すように美しい萩が生い茂る遊歩道があってね、名前は「ふれあい道」と言いまして、昔の川西街道の近くを通っています。

その場所からですね、益田川を背に鎌倉谷の流れを辿ってずっと上がって行くと「平家ドチ」があります。

昔は「平家ドチ」と書いた標識があったと思うんですが、今はあるかなあ？

ここ最近ずっと見に行けていないんですよ。噂だと枯れたって話もあるんで気になってるんですけどね。

平家ドチは、大きな栃の木で町の天然記念物なんです。俺が見に行こうとしたら、何故かどうしても外せない用事が入ってしまうんです。だから、もうこれは木が来てくれるな

と言ってるんだと思うことにしています。

見上げるほどに大きな木でね、枝もばあっと花火みたいにこう広がって空一面に伸びてる。

普通、栃の木はそこまで大きくなれないらしいので、巨木は本当に珍しいんですよ。

この平家ドチなんですけどね、昔一人の瞽女《ごぜ》さんが通りがかって、馬瀬《まぜ》に向かう道を村人に尋ねたらしいんです。

そしたらふっと魔が差したんでしょうかね、聞かれた人は全く違う道を瞽女さんに伝えたそうなんです。

日のある内に街道を通って、次の村に行って瞽女さんとしての仕事をして宿を……と思っていたそうなんだけれど、どんどん日が陰ってくるのが分かるし道も険しくなってくる。

どうやら嘘を教えられたらしいと気が付いた時にはもう遅くってね、瞽女さん、ちょうど栃の木の根元の辺りで腰を下ろして一休みすることにしたの。

そしてね、空腹と寂しさと嘘を教えられたっていう悲しさを紛らわせるように、平家の末路を語る「平家物語」を三味線を弾きながら語った。

そしたらその日はかなり冷え込む晩でね、瞽女さん朝を迎えることが出来ず、栃の木の根に頭を寄り掛からせて、三味線を抱いたまま息絶えてしまったんだ。

それからね栃の木から「平家物語」が寒い日の夜になると聞こえてるようになったもんだから「平家ドチ」って呼ばれるようになって。木の幹をじっと見つめると目を病むとか、木に傷をつけると瞽女の霊が出てくるとか、赤い血のような樹液がたらり、たらりと滴り落ちて来るって伝えられてんの。瞽女さんに纏わる話は、飛騨のあちこちにあってね、大切にしなきゃいけない人達だって伝えてきたそうだよ。雪深いところが多いでしょ。だからやって来る瞽女さんは命がけだったと思うよ。見えていても大変な場所だからね。

それに、食べる物もほとんど採れない貧しい土地がここは多いし、水害も多かった。でも大変な思いをしながら瞽女さん達は来てくれたわけで、それは当時の人にしたらとてもありがたかったんじゃないかなあ。外から来る情報や歌ってね、今も貴重でしょ。だからね、僕は他所から来た人でなんか知りたいとか教えて欲しいって言われたらなるべくお話するようにしてんの。

Oさんからはこれ以外にも幾つも不思議な話を聞くことが出来た。

初対面とは思えないほど人懐っこい雰囲気で、地元の美味しい食事処も沢山教えて貰った。おかげで、下呂に滞在した数日間は雨に降られてしまったが、とても楽しい時間を過ごすことが出来た。

べろりの穴（某所）

昔どこで聞いたのか、定かでないんですが、これは祖母から聞いた話です。
確か、ダムで沈んでしまった村の近くの話だと言ってから聞いたように記憶しています。
だから、徳山村に伝わっていた話なのかも知れません……。

滝近くの断崖絶壁で、猟師は熊に行き会ってしまい撃ったものの、仕留め損なってしまった。手負いの熊は執念深く、復讐のために人を襲うようになる。

そのことを知っていた猟師は、落ち葉の上に残る熊の足跡をトドメを差すために辿って行った。

そして、獣臭のする岩穴を見つけ、ここに潜んでいるに違いないと中を覗き込むと、穴の中は意外に広く、奥に小さな灯りが見えた。

「？」と思い、目を凝らすと、灯りの近くに横たわった熊と、その側に白い毛の塊が見えた。猟師は銃を構えると白い塊が音を立てずにすっと動き、岩穴の入り口近くにやって来た。それは長い白い髪の老婆だった。老婆は恐ろしく長く白い髪を全身に巻き付けていた。猟師はこれは「やまうば」だと思い、声も出せずその場で身動きさえ出来なかった。

「お前が追っていた熊は、お前にやろう。しかしこの話をすれば命はない」

白い髪の毛の老婆の手をよく見れば、赤い血で染まっていた。熊を素手で屠《ほふ》ったのだろう。猟師は無言でうなずき、腹を裂かれた熊から胆嚢《たんのう》だけを取り出して這うようにしてその場を後にした。

泥まみれで帰ってきた猟師を見て、何があったか村人が聞いたけれど何も答えなかった。あの老婆の約束が怖かったからだ。

だが時が経つにつれ、あの時の体験が夢幻のように思えてきて、猟師仲間にふとあの白い老婆と熊のことを話そうとした。

「昔なあ、熊を追って」次の言葉を言い終える間もなく、白い髪の毛を纏った老婆が猟師の前に現れた。

そして、山芋の皮でも剥《む》くように、頭の皮をべろりと剥《は》がされて死んでしまった。

その後も似たような出来事がたびたびあったそうで、老婆の棲む岩穴を「べろりの穴」

と呼んだ。

頭の皮だけでなく、全身の皮を剥かれて赤い狒々《ひひ》のようになって死んだ。

顔の皮をべろりと向かれて目鼻を啜《すす》られてサルボボのようになって死んだ。そんな風な話を聞かされていたので、飛騨の名産品の赤い顔をして目鼻のない姿をした「サルボボ」が苦手だと、この話をしてくれたNさんは語っていた。

語った話を伝えると死ぬというところは「雪女」に似ているが、殺すところが具体的だし、民話としての教訓としても妙な気がしたので、そのことをNさんに正直に伝えてみた。

するとこれは思い出したくないし、あまり言いたくない話なんですが……私「べろりの穴」は実話だと思っているんですと、言葉を詰まらせながら教えてくれたことがある。

詳細は約束しているので記せない。

ただ、彼女は祖母から木箱に入った「べろりと剥がされた何か」を見せて貰った記憶があるそうだ。

あとがき

田辺青蛙

ここ数年、定番のようになって書いているご当地怪談シリーズ。

今回は岐阜に纏わる不思議な話や、怪談を調べることになった。

年齢のせいもあるだろうけれど、今年は体調を崩している日が多く、思ったように取材出来なかった。なので、私の代わりに現地に行ってくれたAさん、そして怪談を投稿して下さった皆様、資料の提供を含め、色々とご相談に乗って下さった博物館の学芸員さん達のおかげでなんとか出すことが出来た。

また「北の怪談」でも素晴らしいご当地怪談を書いてくれた木根緋郷さんともご一緒出来て嬉しい。彼の怪談は、キリっと尖っていて純度が高く他の人の書くものとは違っていてご当地愛が深いのもあって、素晴らしいので未読の方がいたら是非オススメしたい。

それにしても、岐阜は底なしの沼のような場所に感じた。

今回もっと調べたかったし、更に多くの人から話を聞きたかった。

原稿を書いている最中、誰かからずっと、こんなもんじゃないだろう、まだまだもっとあるだろうと言われているような気がした。

実際岐阜を書くのに私の力は足りていないのだろう。

岐阜県には石の博物館があり、昭和四五年（一九七〇年）三月に飛騨川の河床から発見された礫岩は、岩石に含まれている小さな生物などから今から二・七億年前のものといわれており、上麻生《かみあそう》礫岩《れきがん》と名付けられた「日本最古の石」だそうだ。

石は小さい頃から私を魅了して止まないものの一つで、石を求めて何度も岐阜県に来ているが、今後私は、不思議や怪談を求めてこの地に来ることになりそうだ。

岐阜は不思議の宝庫で、私はまだほんの僅かな端っこを見聞きしたに過ぎないと思っている。

あとがき

木根緋郷

僕は小学生から二十歳まで岐阜に住んでいた。今も実家があり両親がいる。怒られてしまうのを覚悟でこの立場だからこそ言わせてもらうが岐阜には何も無い。前回、田辺さん、匠平さんとの共著「北の怪談」では数年しか住んでいない北海道への愛をこれでもかと綴ったくらい、岐阜に思い入れも無い。

実家に帰った際にはお土産らしいお土産もないので、名古屋で買っていく。「出身は岐阜です」と言うと大体「岐阜ってどこにあるの」と毎回言われるので最初から「名古屋出身です」と答えることもザラにある。

同郷同士で盛り上がったこともない。

さて。この企画の話をいただき岐阜に纏わる怪談を蒐集していった。

するとどうだろう。

地域地域でとても特色がある。十年以上住んでいたのに知らない観光地も民話もたくさんある。

怪談を聞き取り、調べ、書いていく途中とても魅力的な土地だと気付かされた。

ようやくこの地に受け入れられた気持ちがあった。

この本を執筆するにあたり。

快く協力してくださった怪談師の空原涼馬さん、何か奢るのでまた飯行きましょう。涼馬さんの語りとは意識して違う構成にしたので、是非本人の語りも聞いてみてください。田辺青蛙さんは私に「好きなだけ書いていいよ」と仰ってくださいました。とても嬉しかったですし光栄に思います。ありがとうございます。

そして何より体験者、提供者の皆様。本当にありがとうございます。

「岐阜には何も無いですよね」

これから言われたらこう答えます。

「これだけ魅力的な土地は稀有ですよ。この本を読んでみてください」

怪異よ。

怪談よ。

岐阜を好きにさせてくれてありがとう。

参考文献リスト

『奇なるものへの挑戦：明治大正／異端の科学』岐阜県博物館

『わたしの怪奇ミステリー体験③』ムー特別編集　学研プラス

『教養としての最恐怪談古事記からTikTokまで』吉田悠軌　ワンパブリッシング

『現代怪談考』吉田悠軌　晶文社

『飛騨の鬼神両面宿儺の正体』廣田照夫　叢文社

『最強の都市伝説』並木伸一郎　経済界

『幻想世界の住人たちⅣ』多田克己　新紀元社

『関ケ原町史　通史編上巻』関ヶ原町教育委員会

『最強の都市伝説』並木伸一郎　経済界

『飛騨中世城郭図面集：飛騨国（飛騨市・高山市・白川村・下呂市）』

『飛騨下呂〈史料1〉（一九八三年）』下呂町

『小久保秀之（二〇〇五）、近年における国内のボルターガイスト事例調査』

『オカルト・クロニクル』松閣オルタ　洋泉社

『岐阜は日本のど真ん中　岐阜県植物誌は語る』岐阜県立博物館

『信長と家臣団の城』中井均　角川選書

『岐阜城いまむかし』中日新聞岐阜総局

『野麦峠をこえて』山本茂実・文／佐藤 忠良・絵　ポプラ社

『幻のツチノコ』山本素石　つり人社

『ツチノコの民俗学　妖怪から未確認動物へ』伊藤龍平　青弓社

『幻のツチノコを捕獲せよ!!　全国各地で目撃多発！ツチノコは必ずいる!!』山口直樹・並木伸一郎　ムー・スーパー・ミステリー・ブックス

『逃げろツチノコ』山本素石　山と渓谷社

『「日本心霊学会」研究：霊術団体から学術出版への道』栗田英彦（編集）／石原深予・一柳廣孝・菊地暁・神保町のオタ・平野直子・吉永進一・他（著）人文書院

『岐阜の知られざる民話』山口長与

『〈こっくりさん〉と〈千里眼〉・増補版 日本近代と心霊学（青弓社ルネサンス7）』一柳 廣孝　青弓社

関ケ原観光HP　http://www.kanko-sekigahara.jp/

関ケ原観光公式twitter　http://twitter.com/1600_sekigahara

★読者アンケートのお願い

本書のご感想をお寄せください。
アンケートをお寄せいただきました方から抽選で
5 名様に図書カードを差し上げます。
（締切：2025 年 1 月 31 日まで）

応募フォームはこちら

岐阜怪談

2025年1月3日　初版第1刷発行

著者……田辺青蛙、木根緋郷
デザイン・DTP……延澤武
企画・編集……Studio DARA

発行所……株式会社 竹書房
〒102-0075　東京都千代田区三番町８－１　三番町東急ビル６F
email：info@takeshobo.co.jp
https：//www.takeshobo.co.jp
印刷所……中央精版印刷株式会社